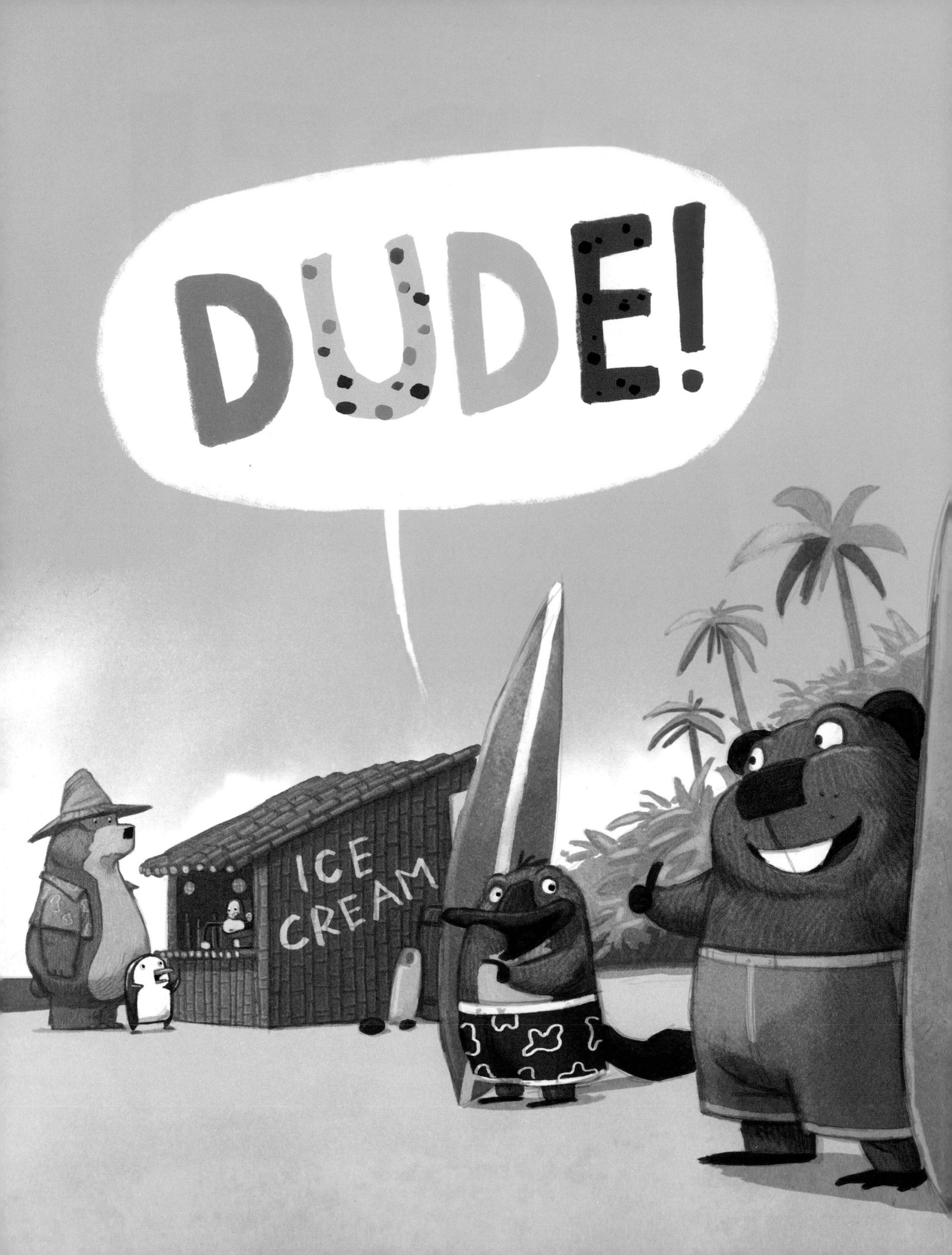
DUDE!
ICE CREAM

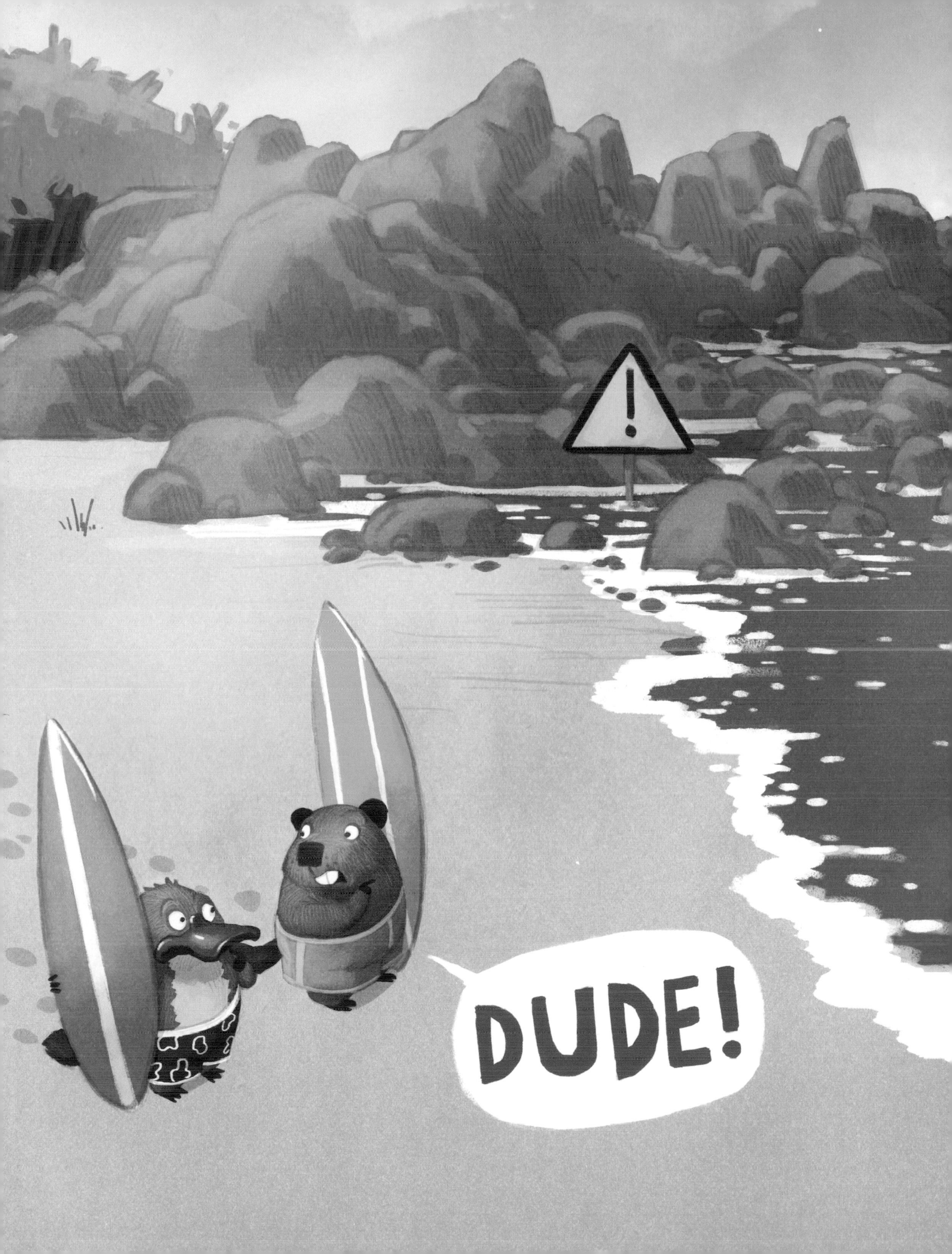
DUDE!

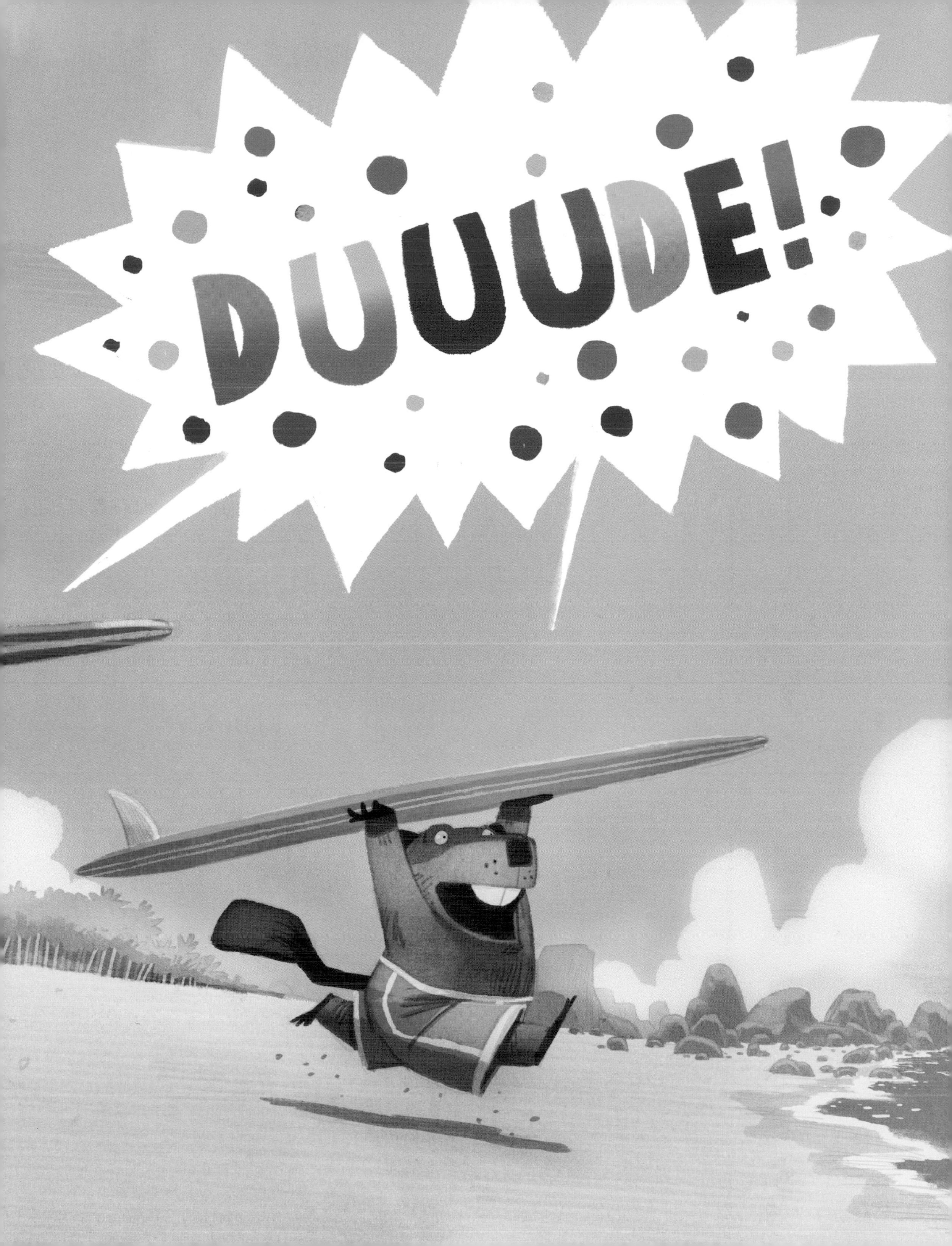
DUUUDE!

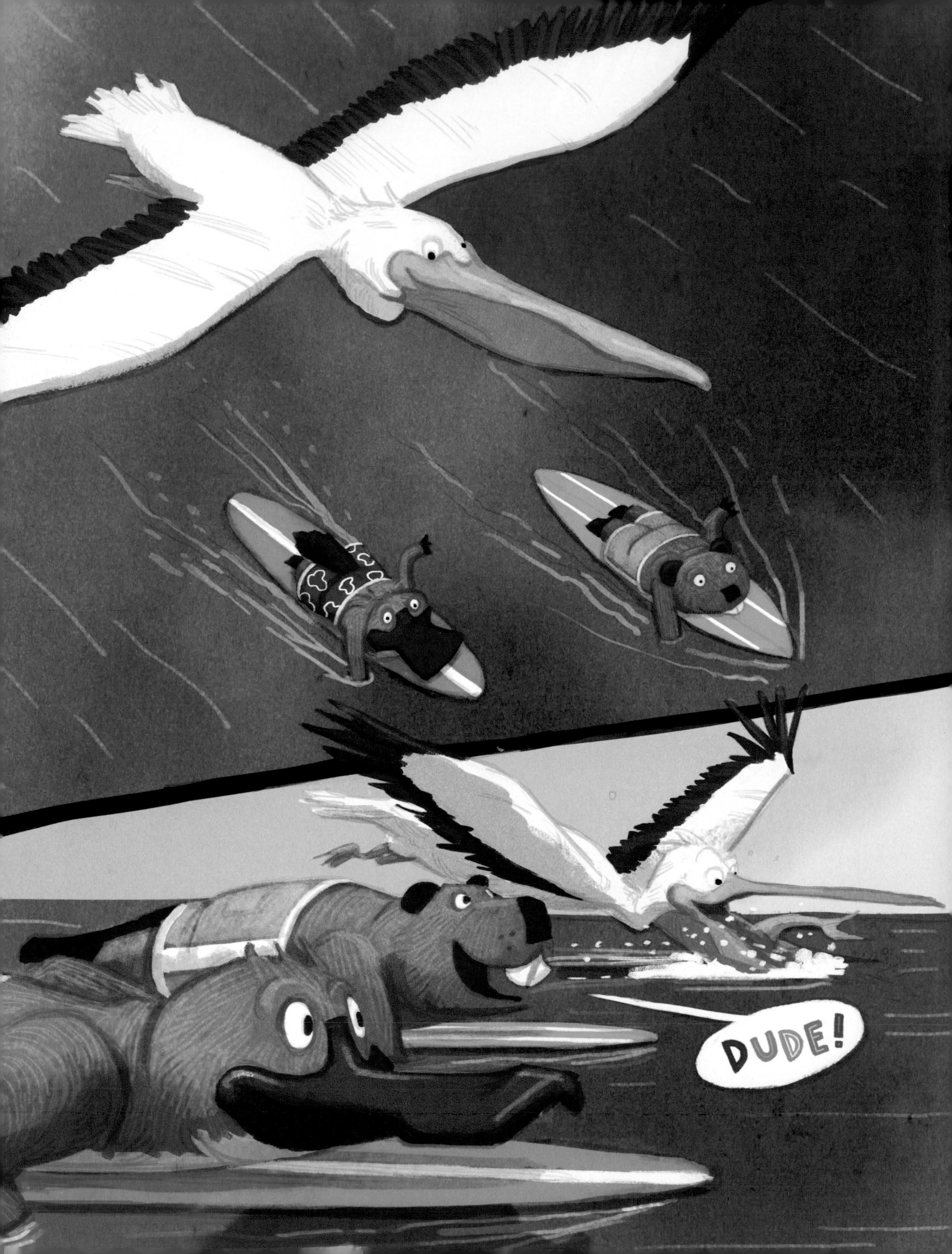
DUDE!

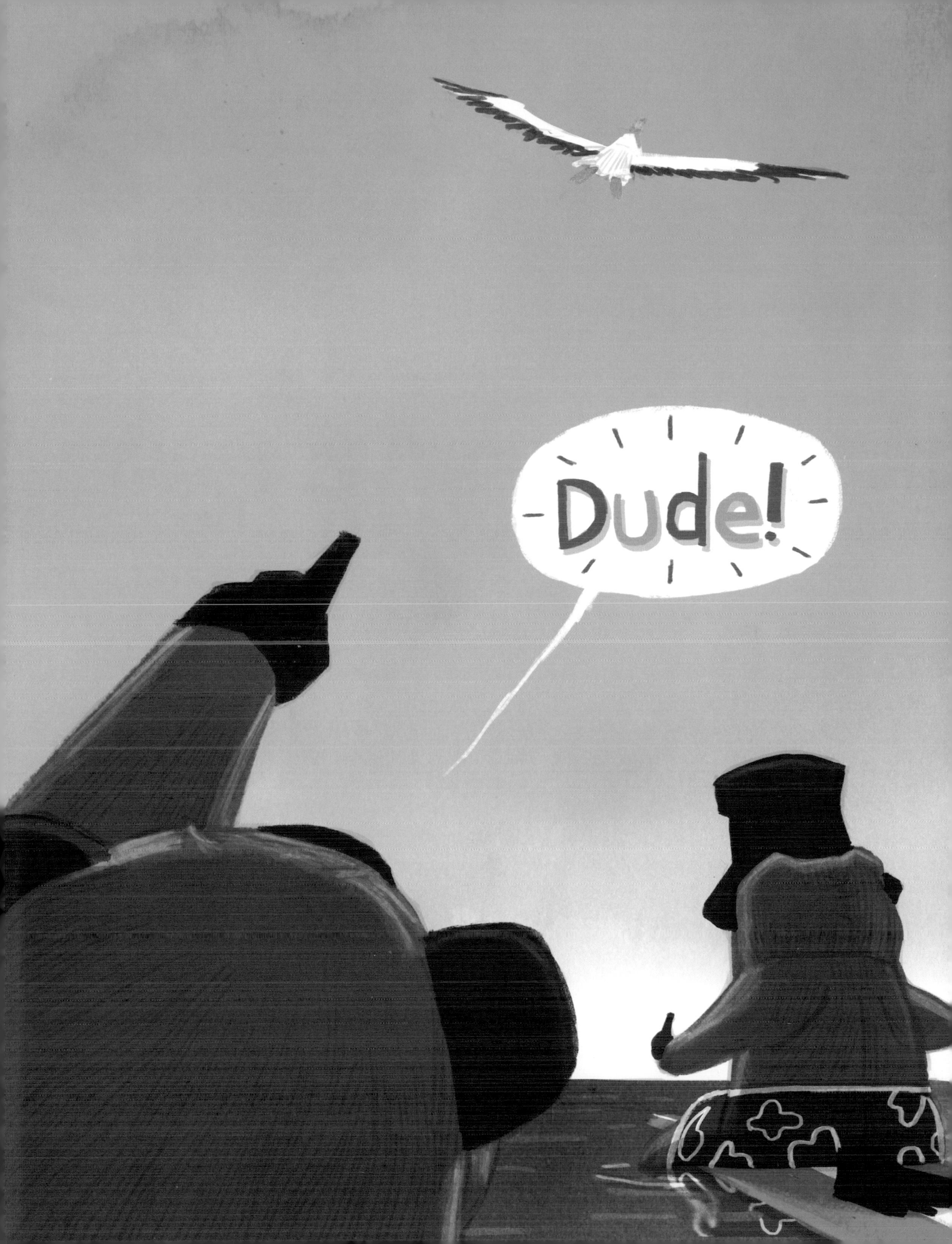
Dude!

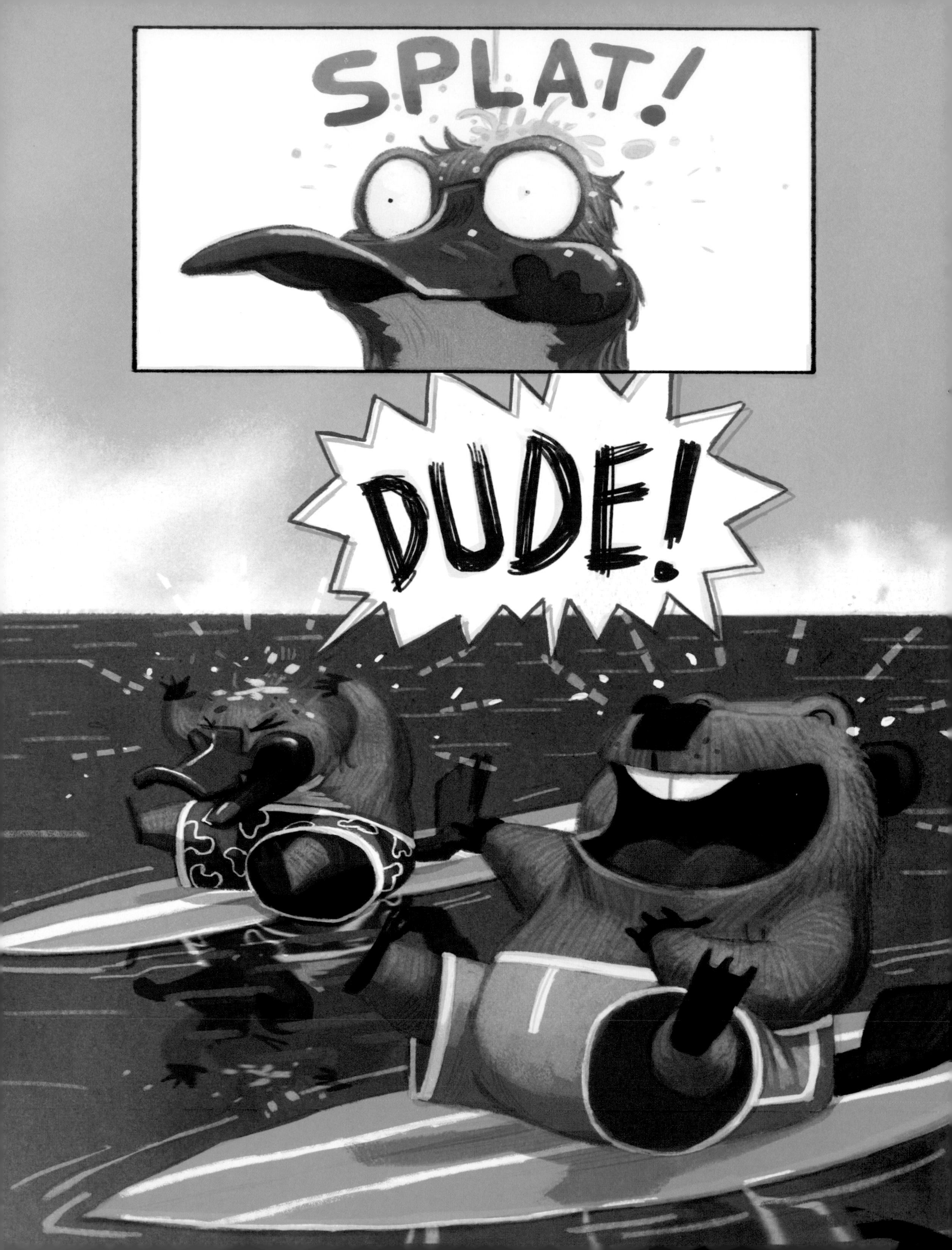
SPLAT!
DUDE!

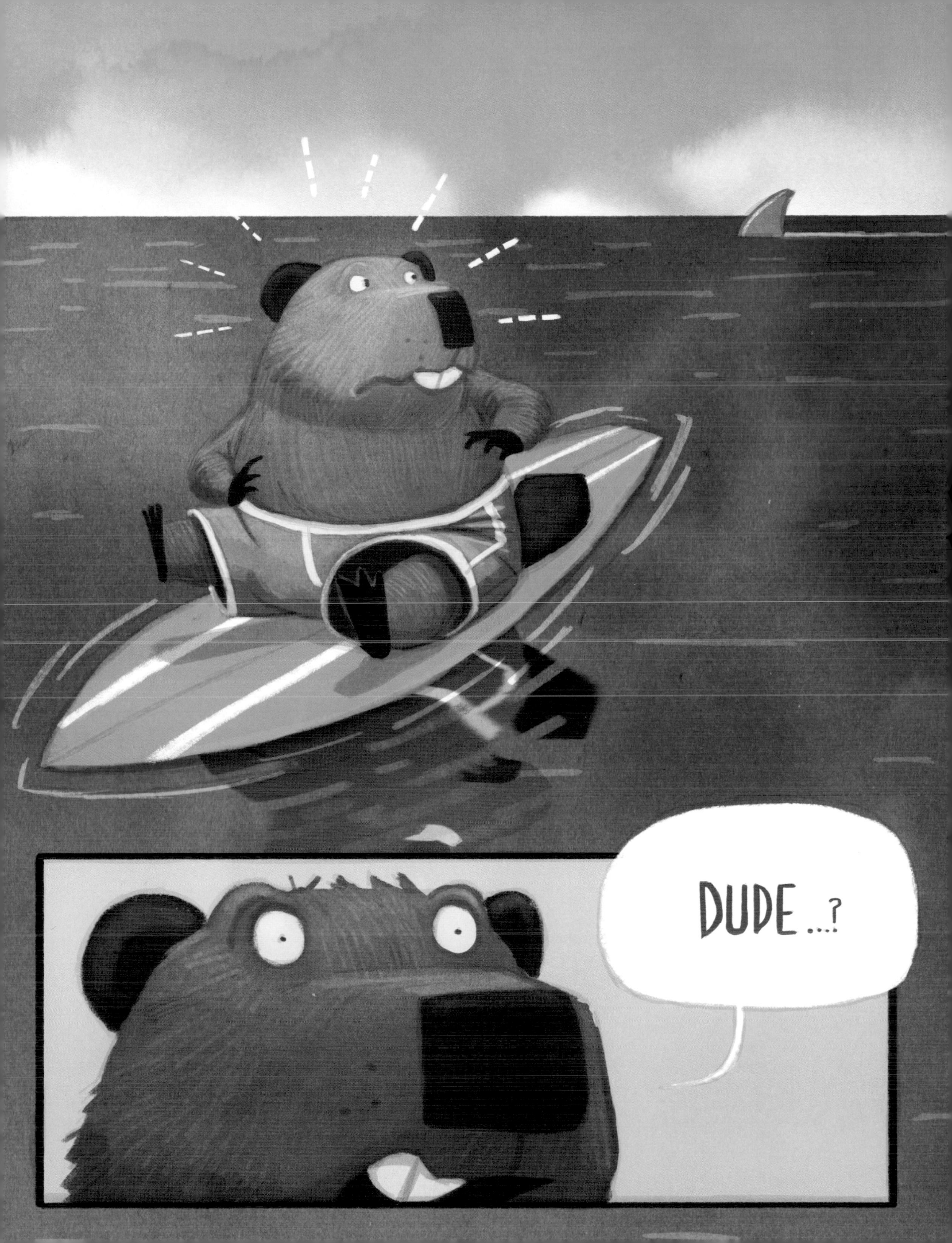
DUDE...?

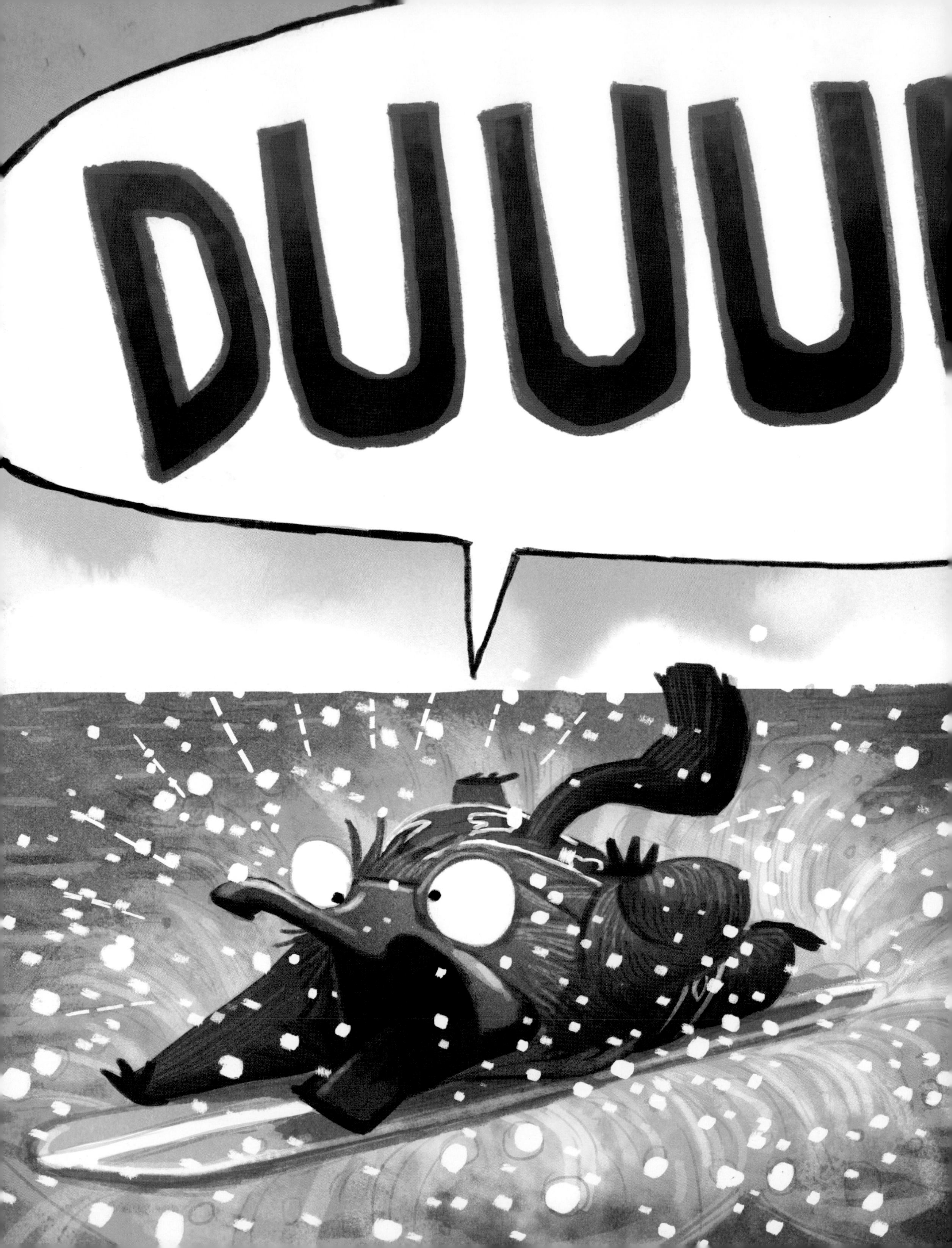
DUUUU

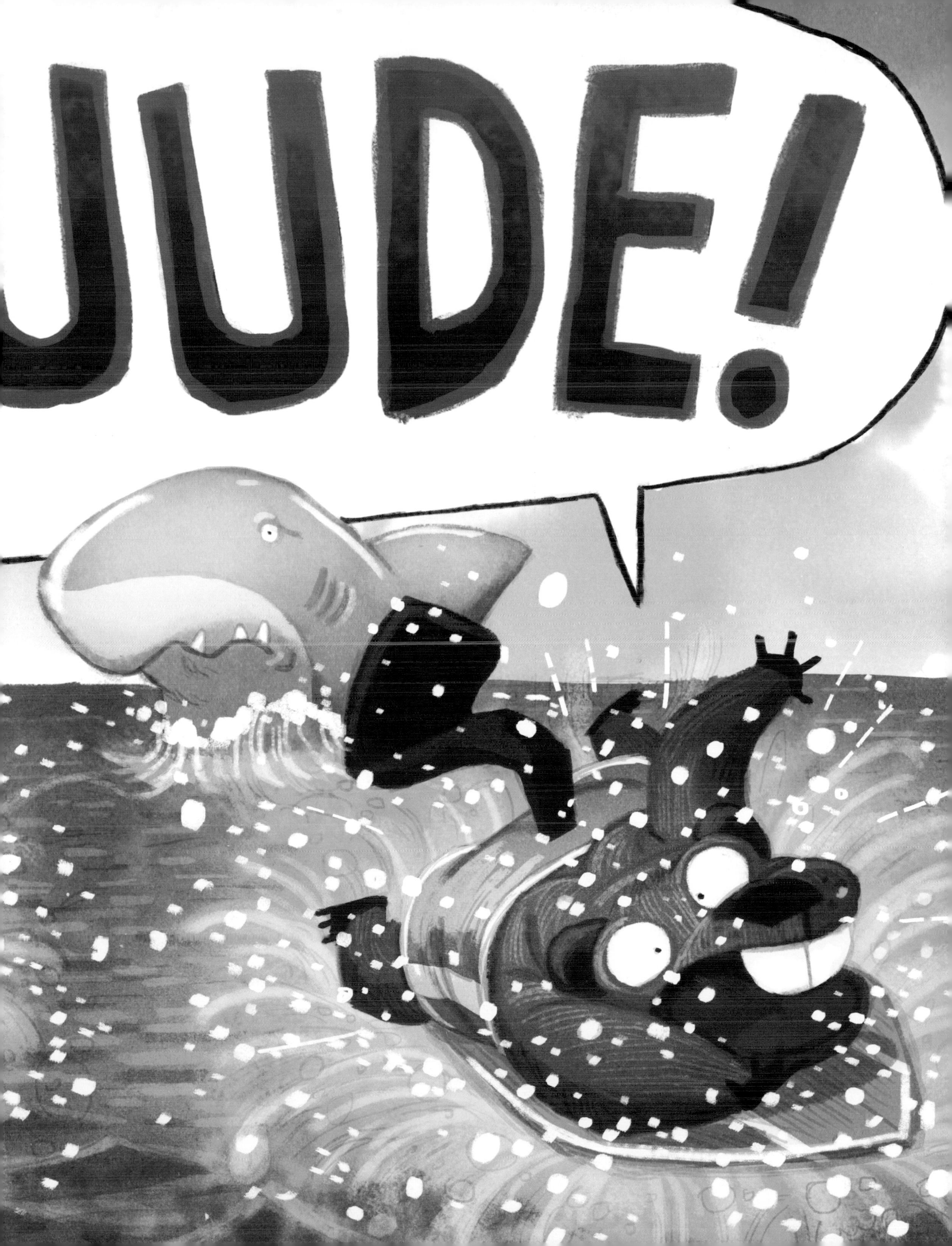
JUDE!

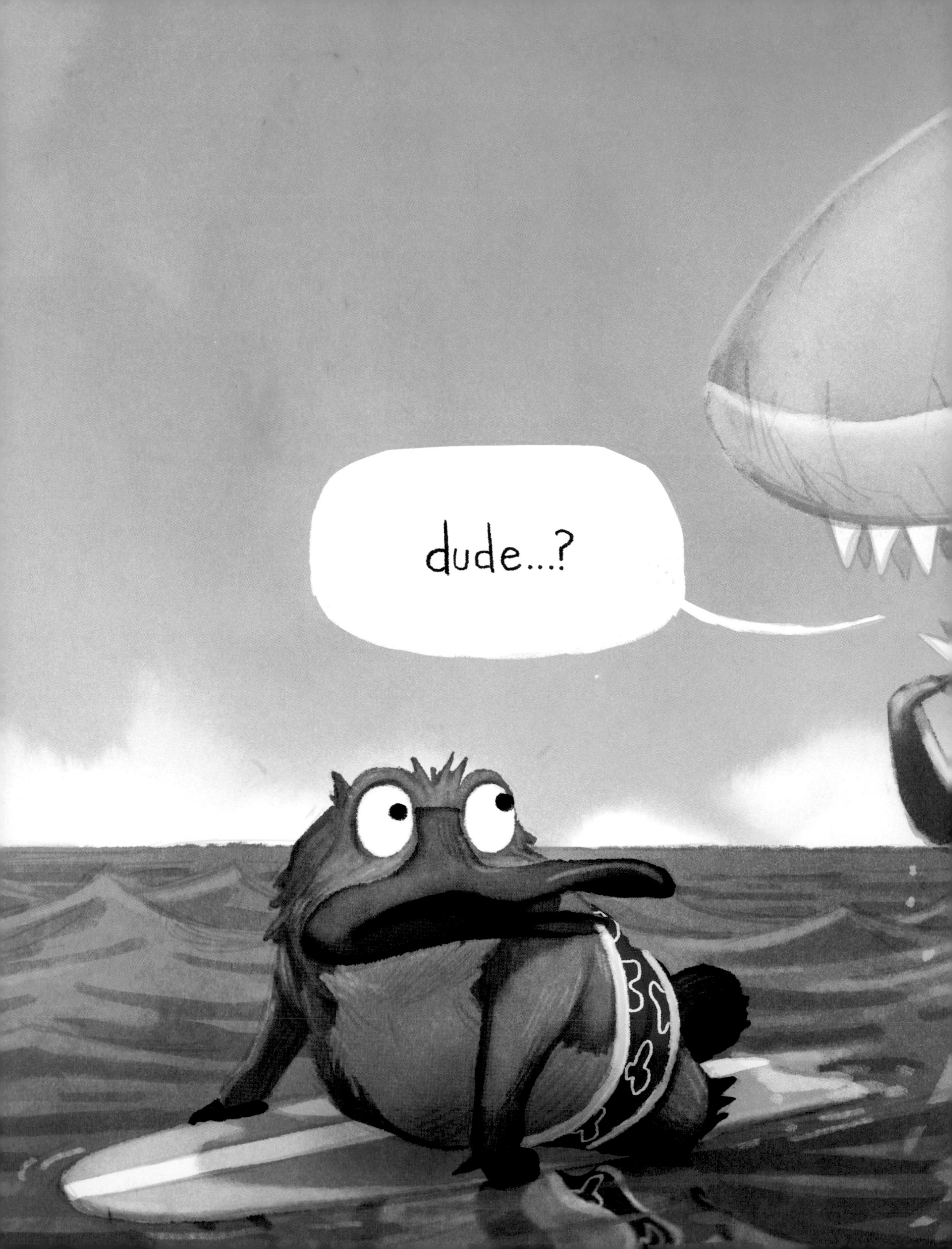
dude...?

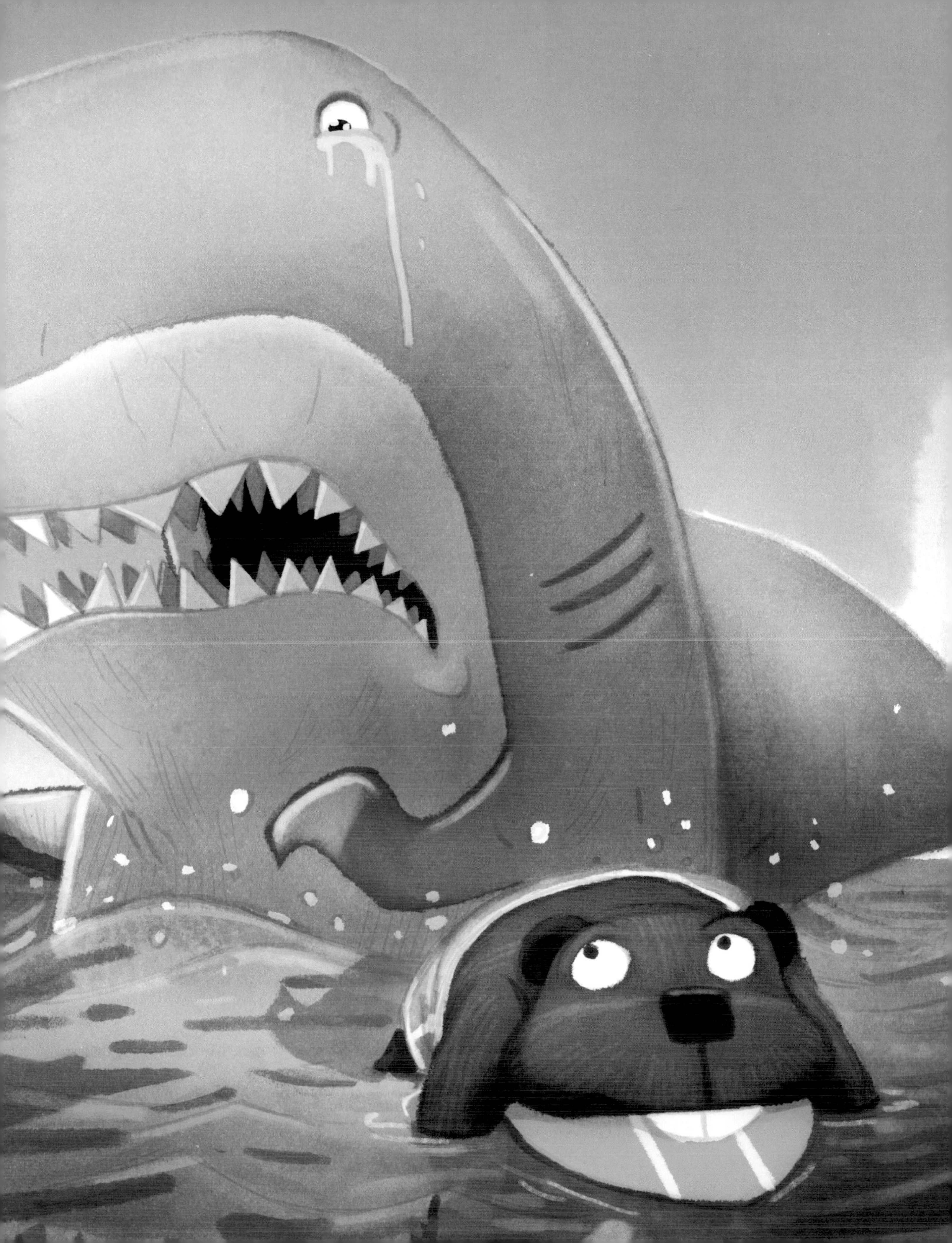

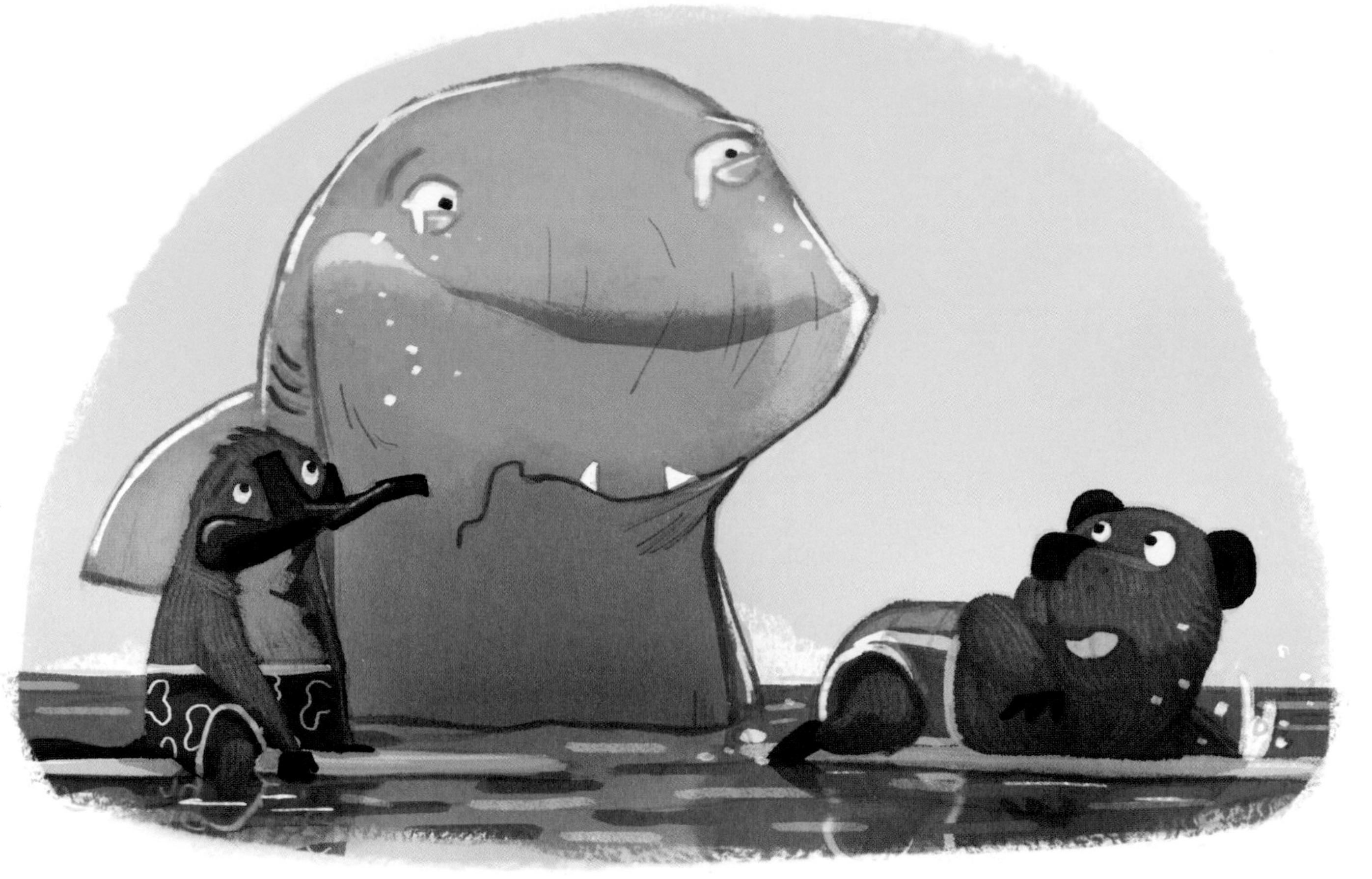

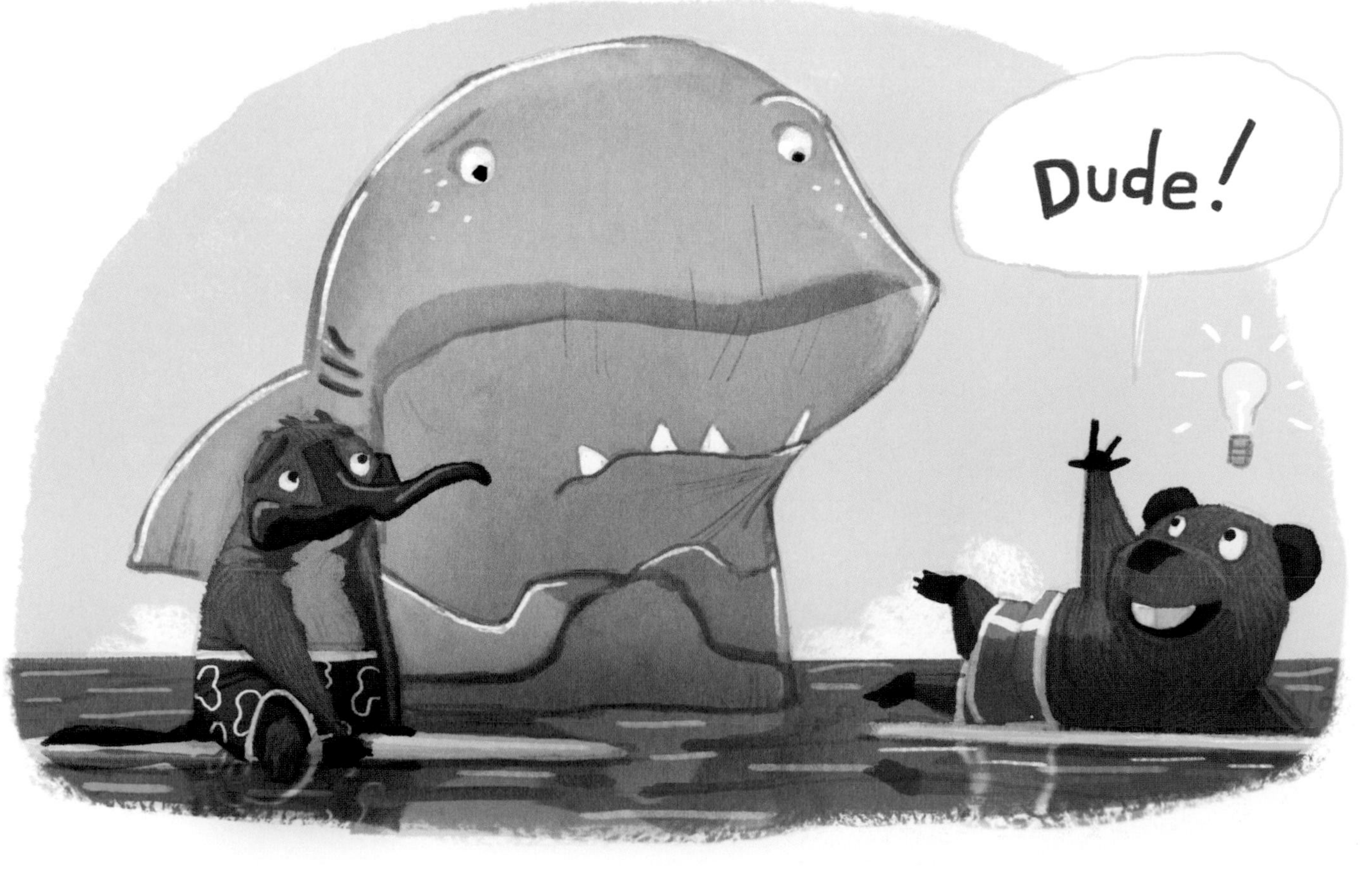
Dude!

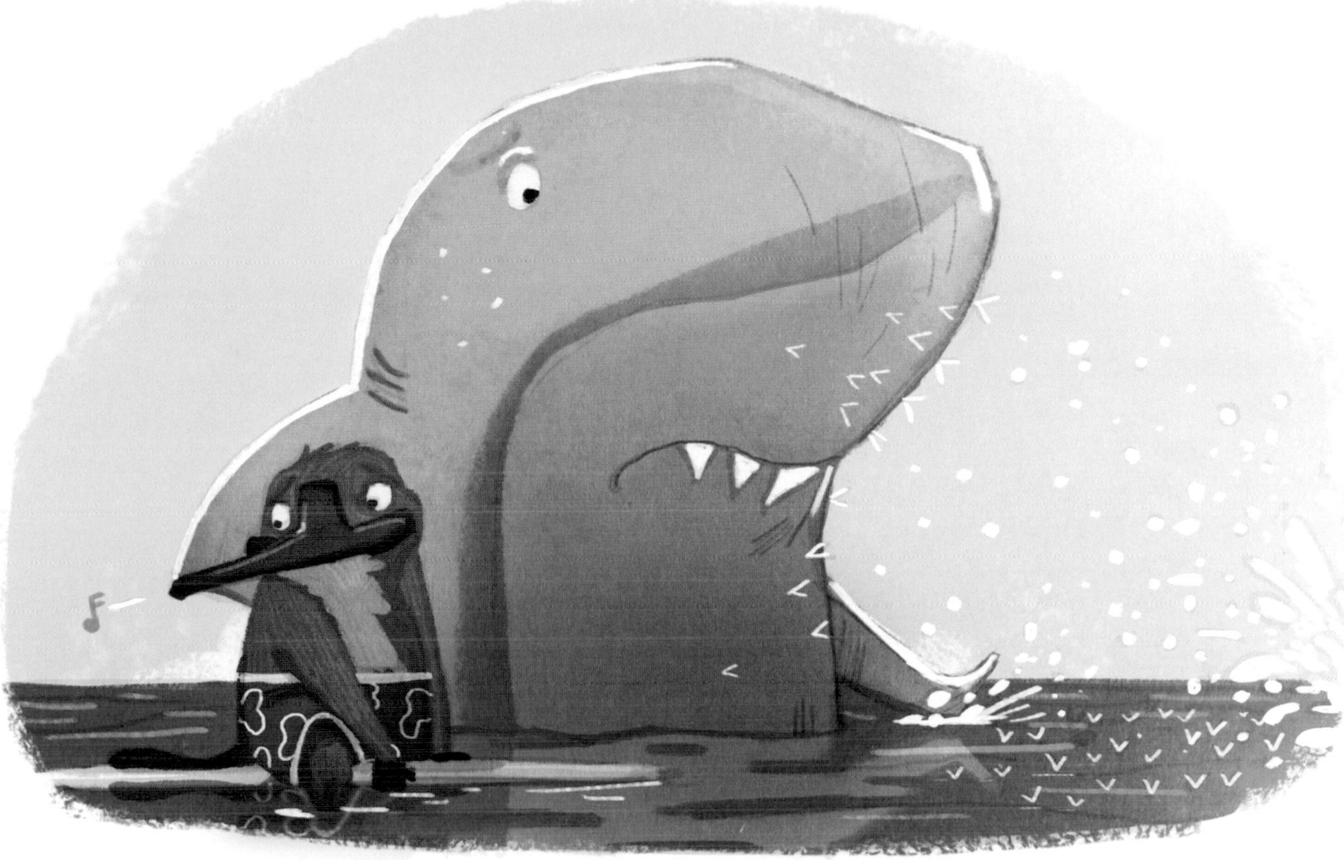

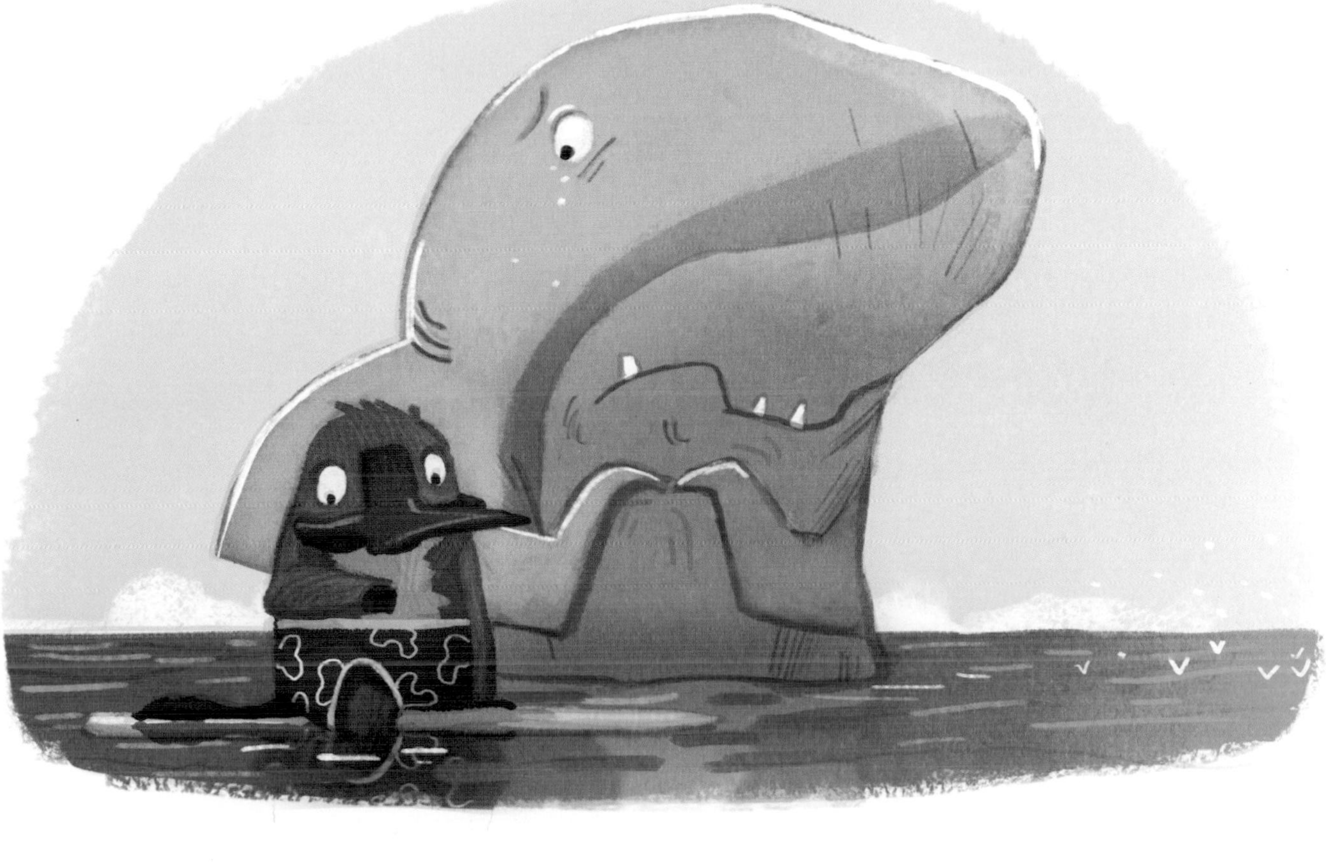

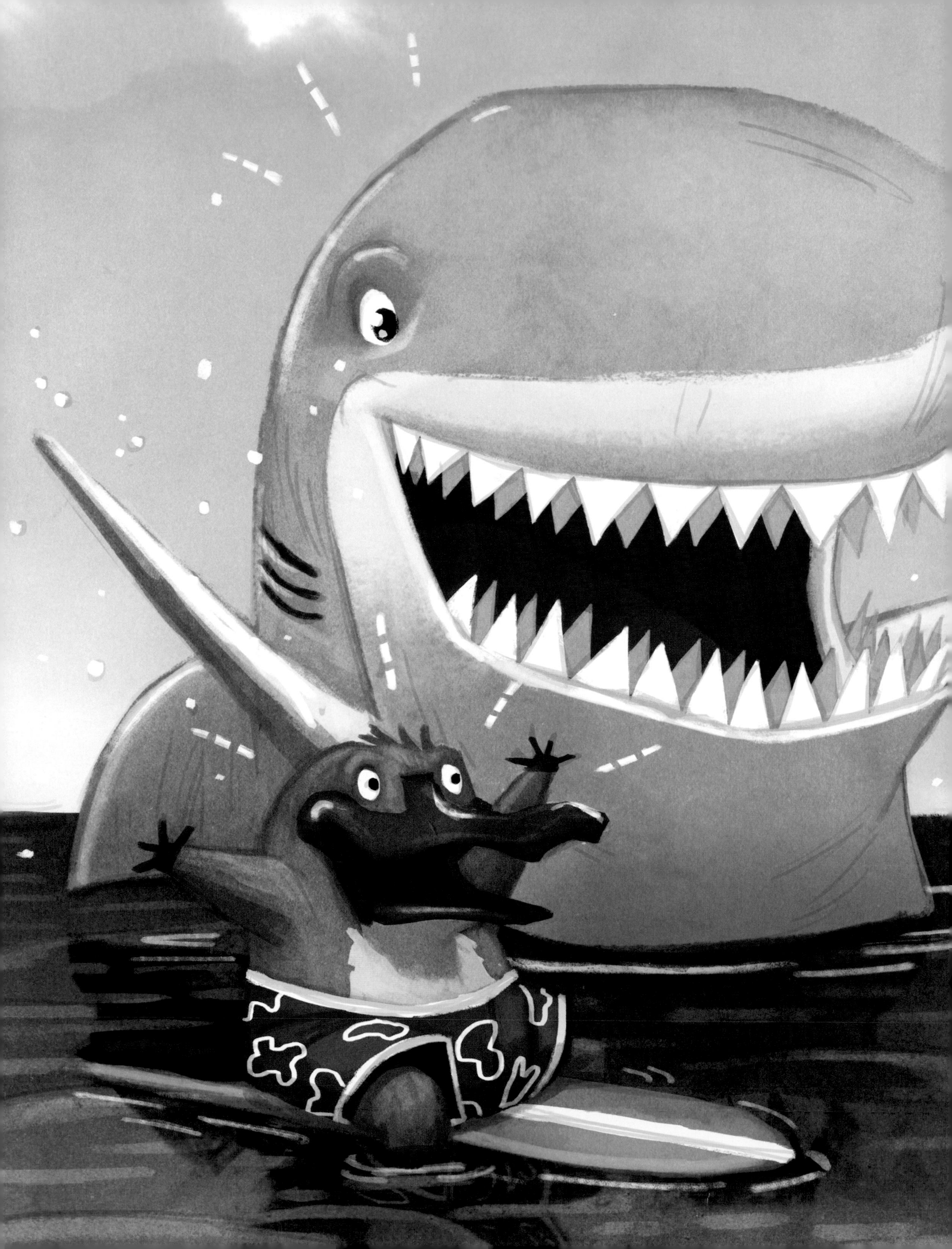

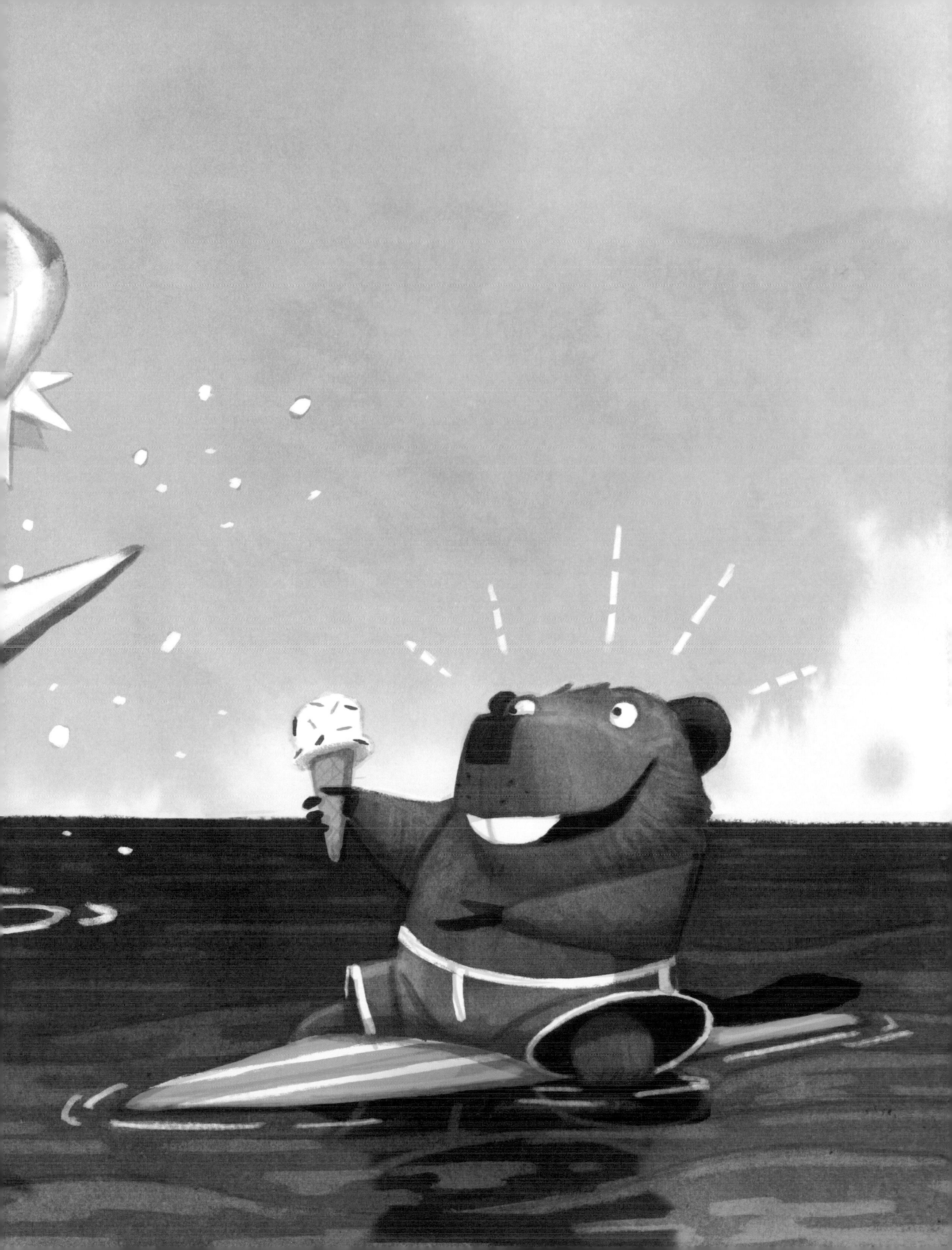

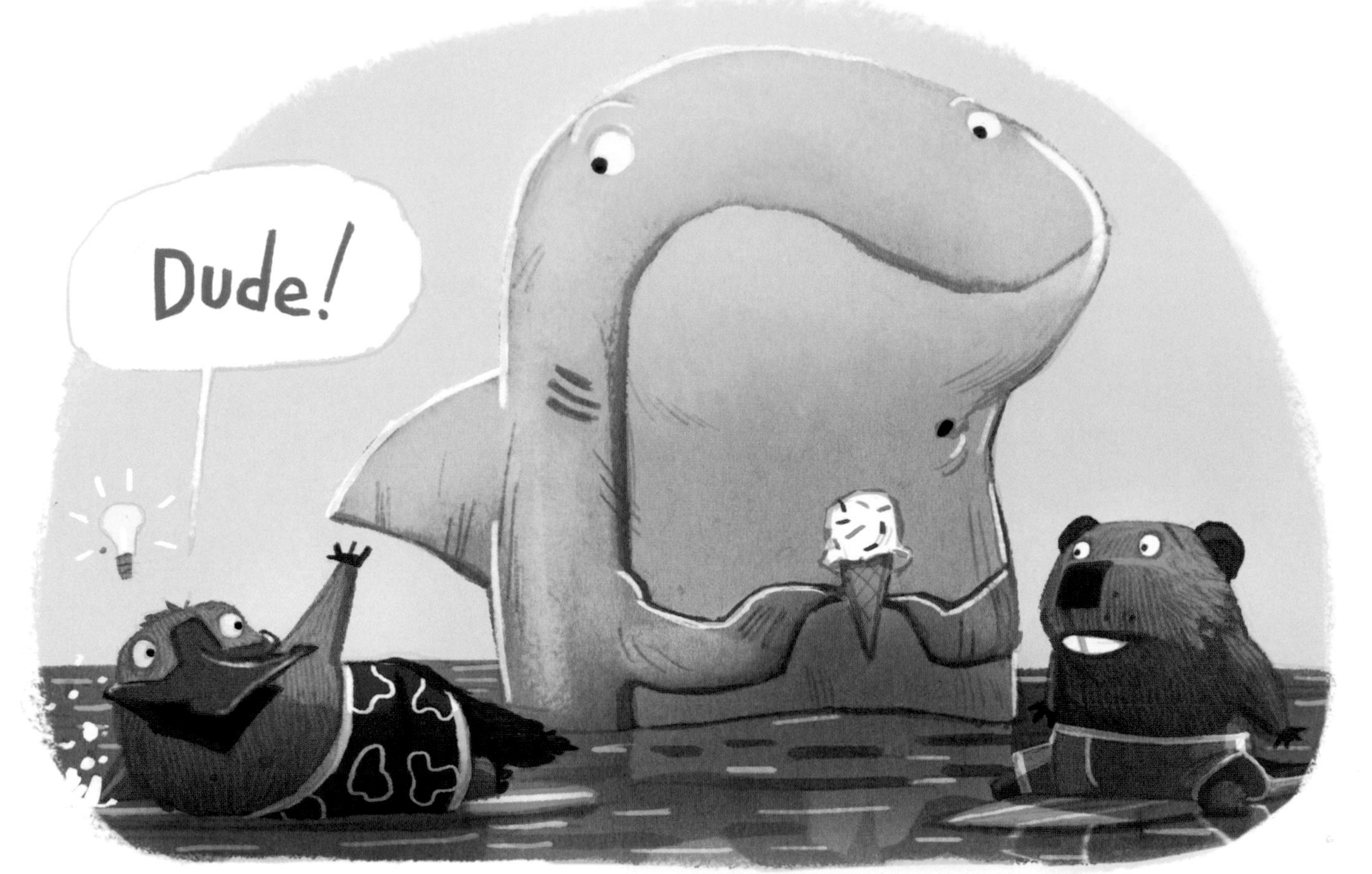
Dude!

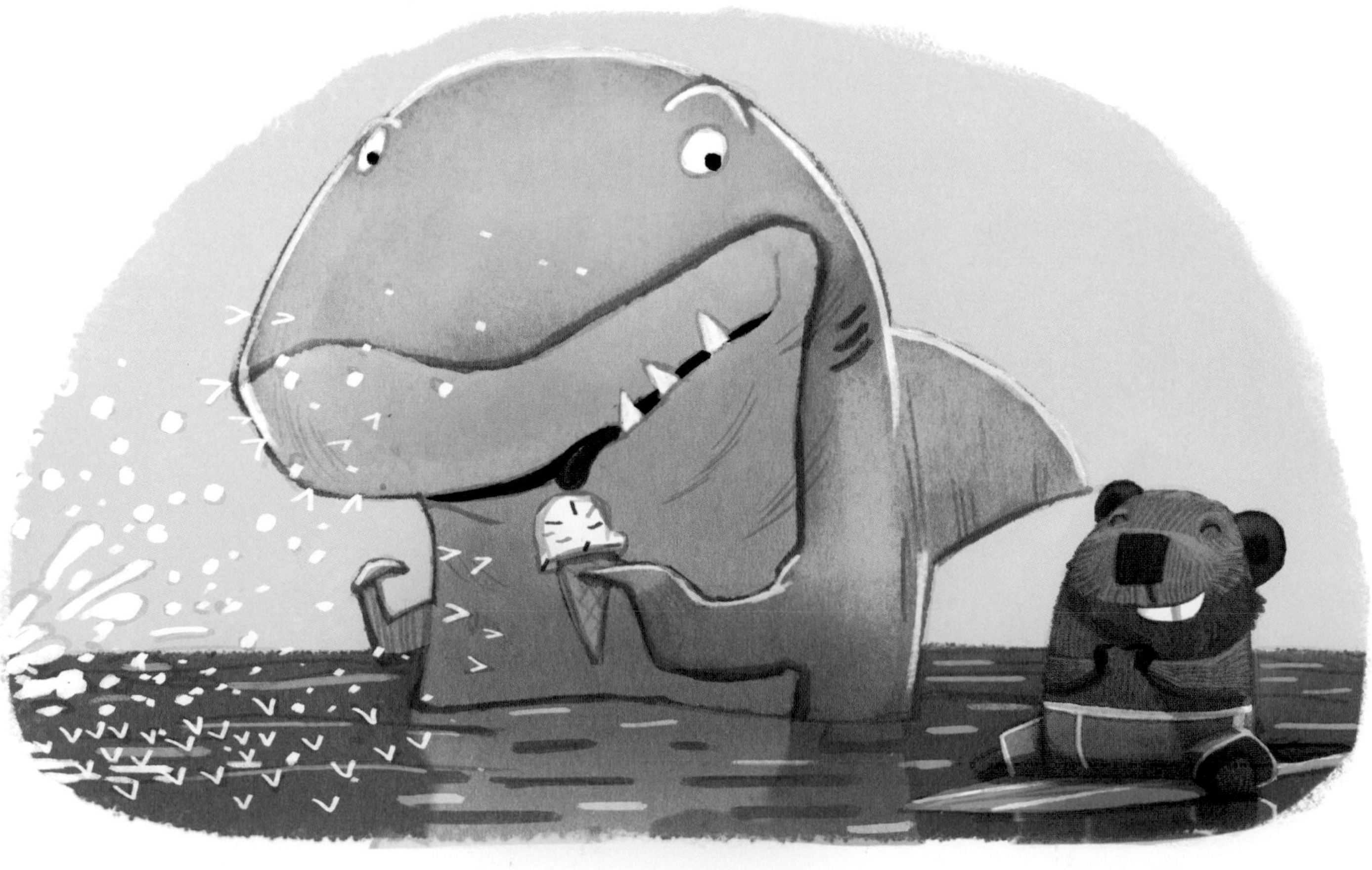

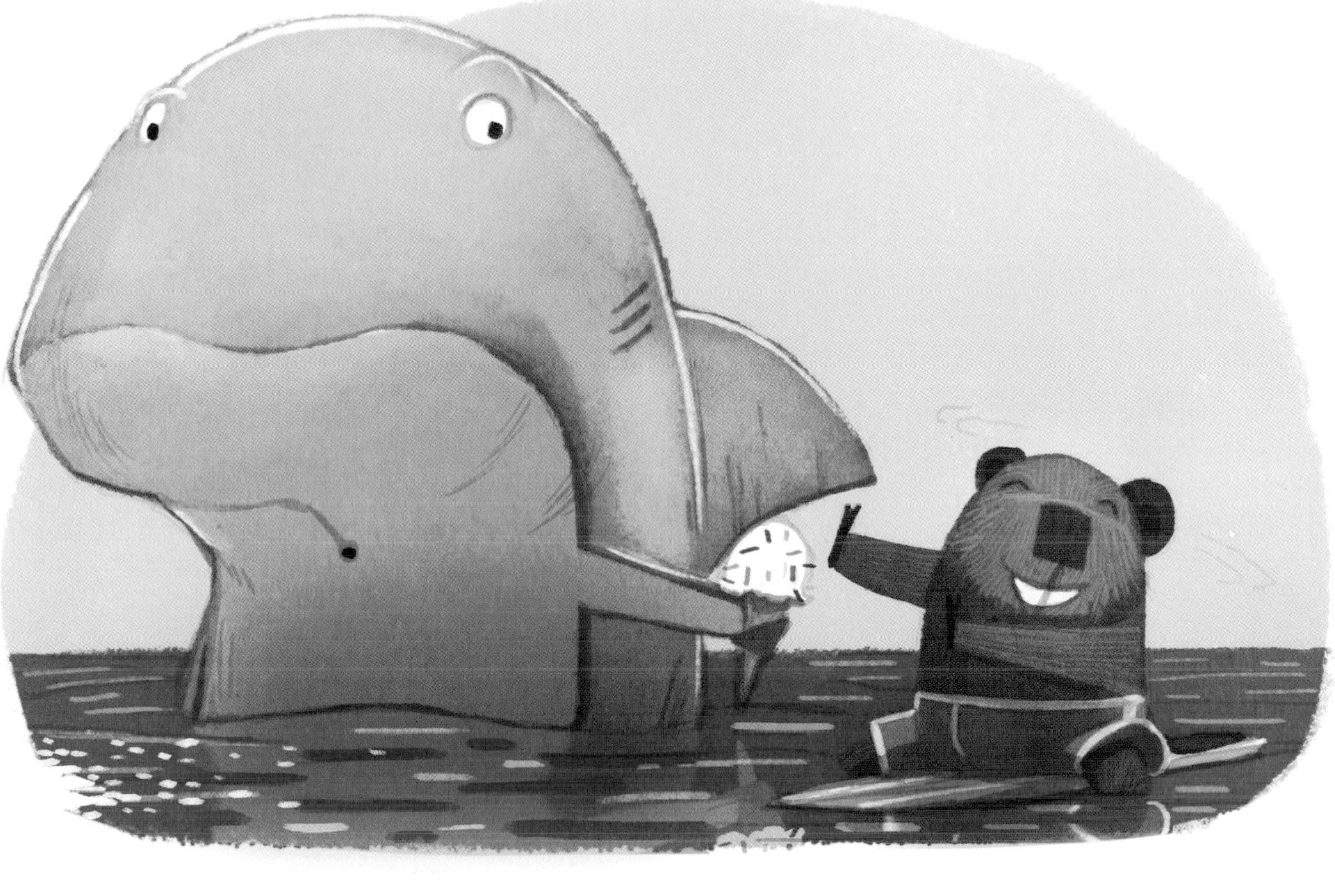

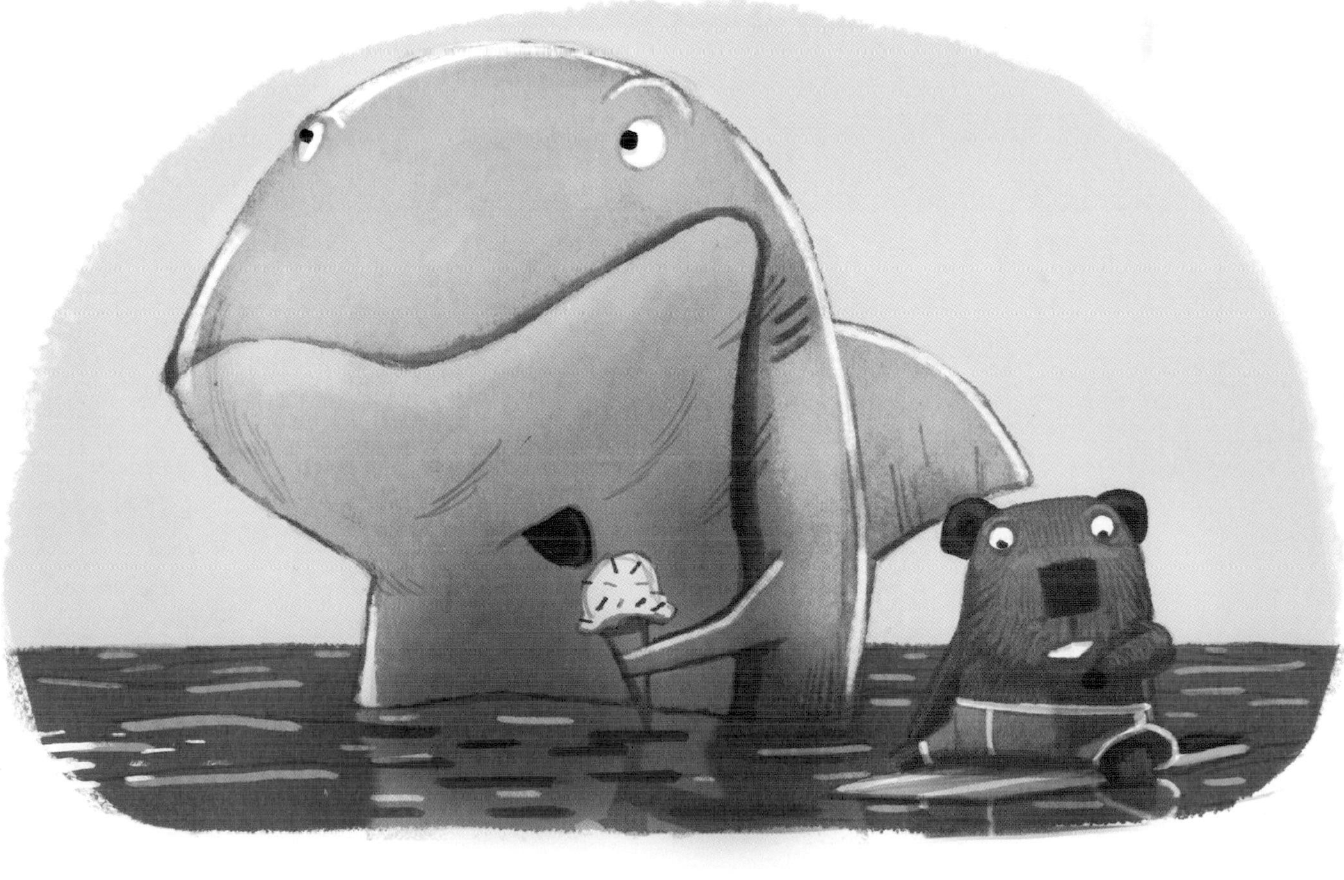

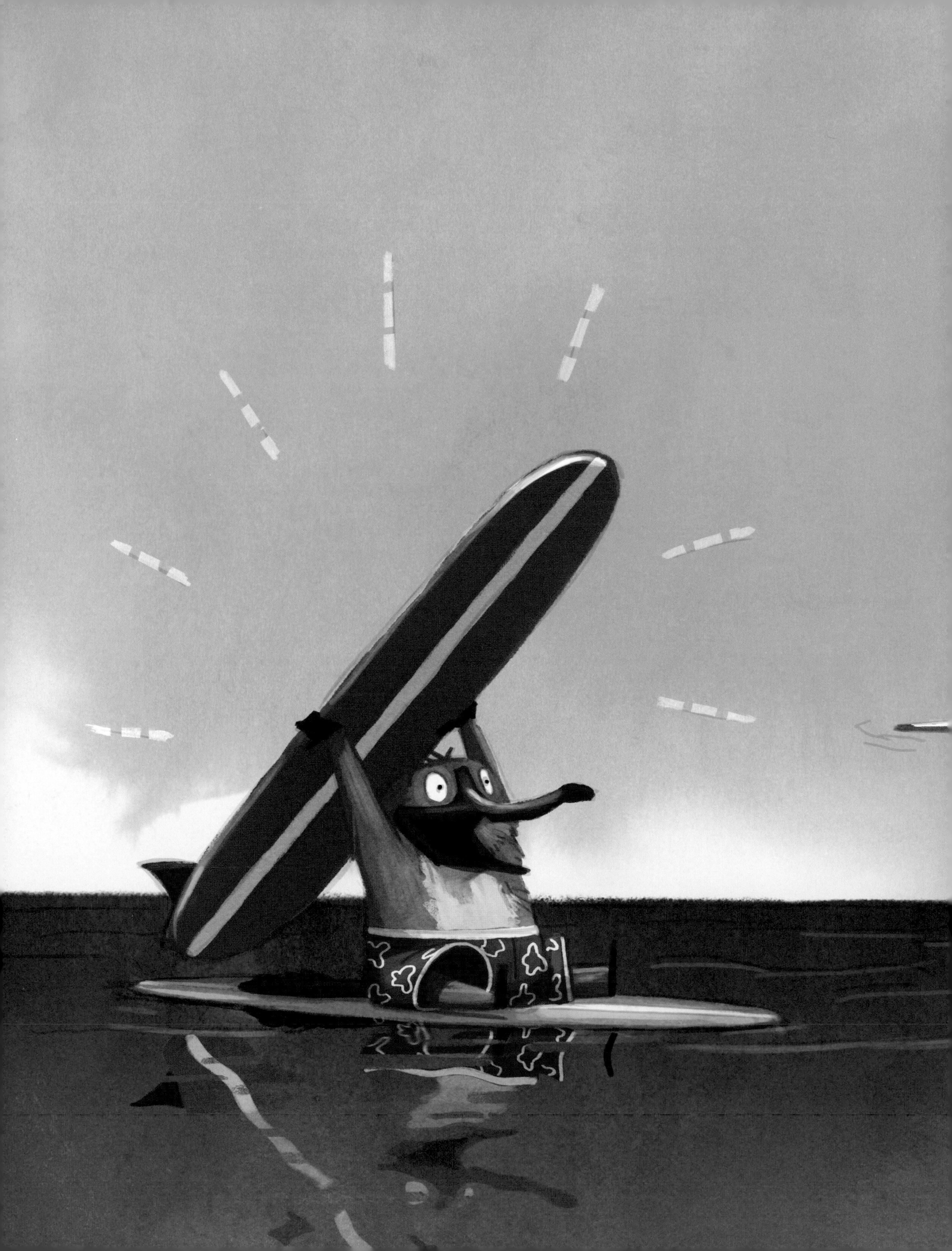

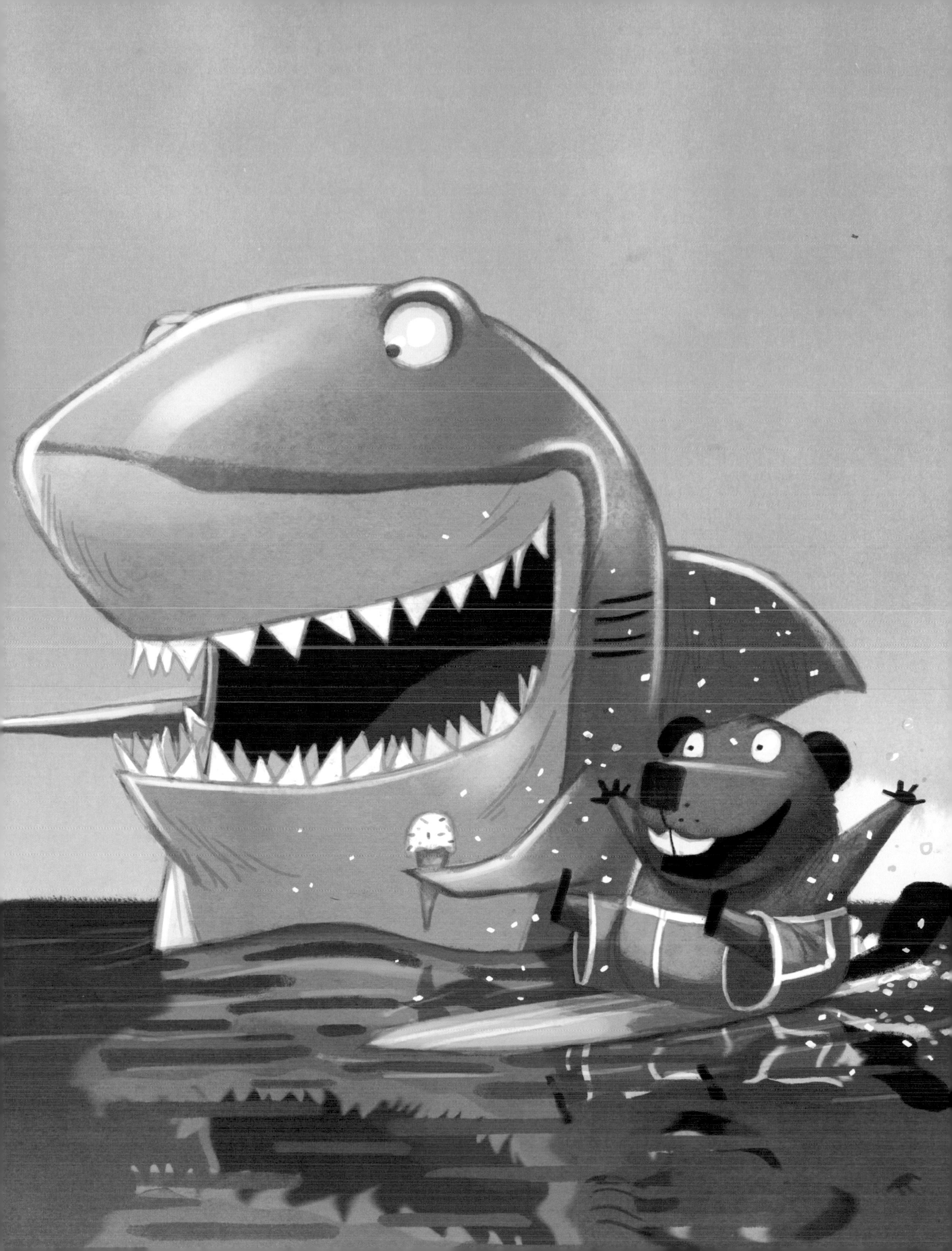

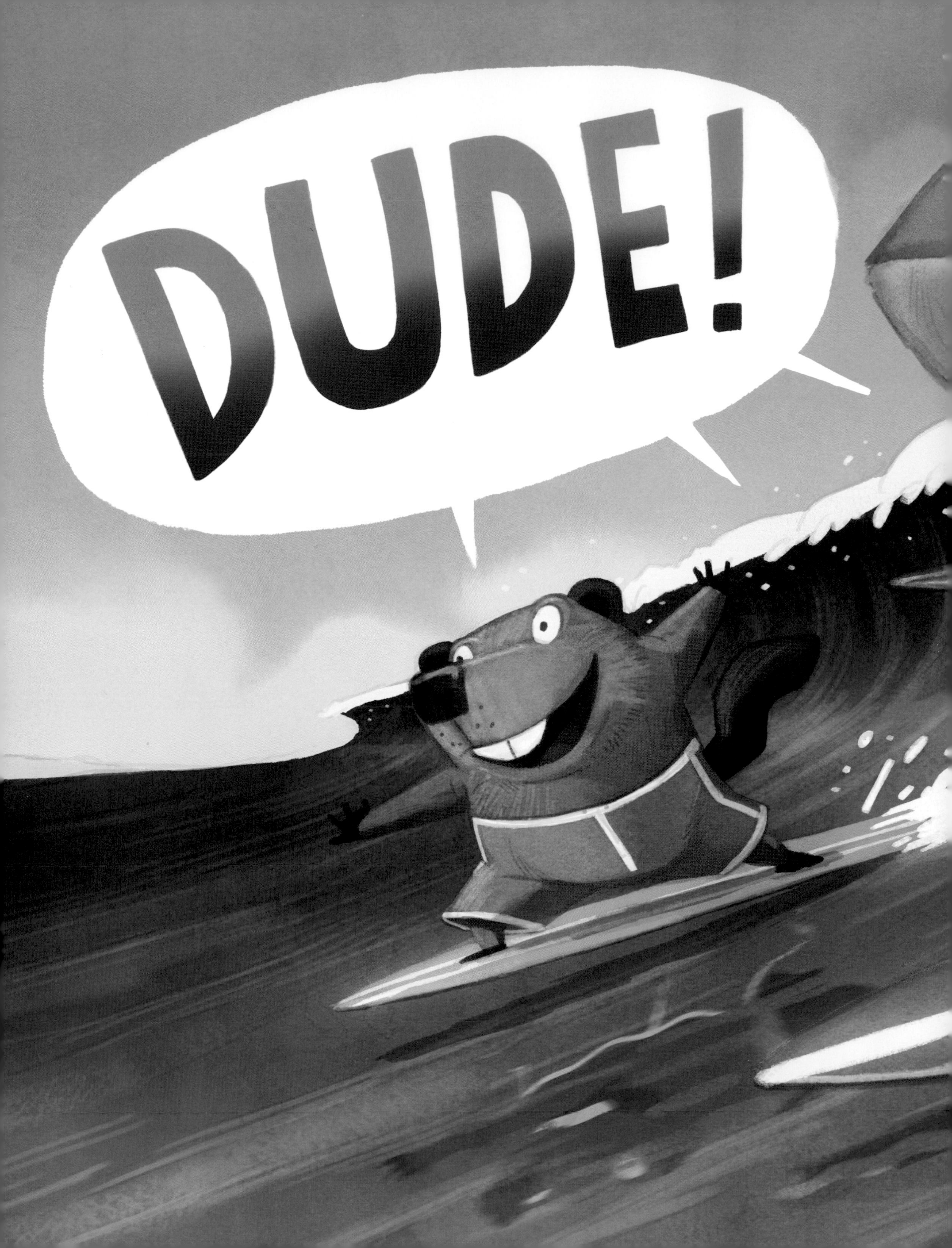
DUDE!

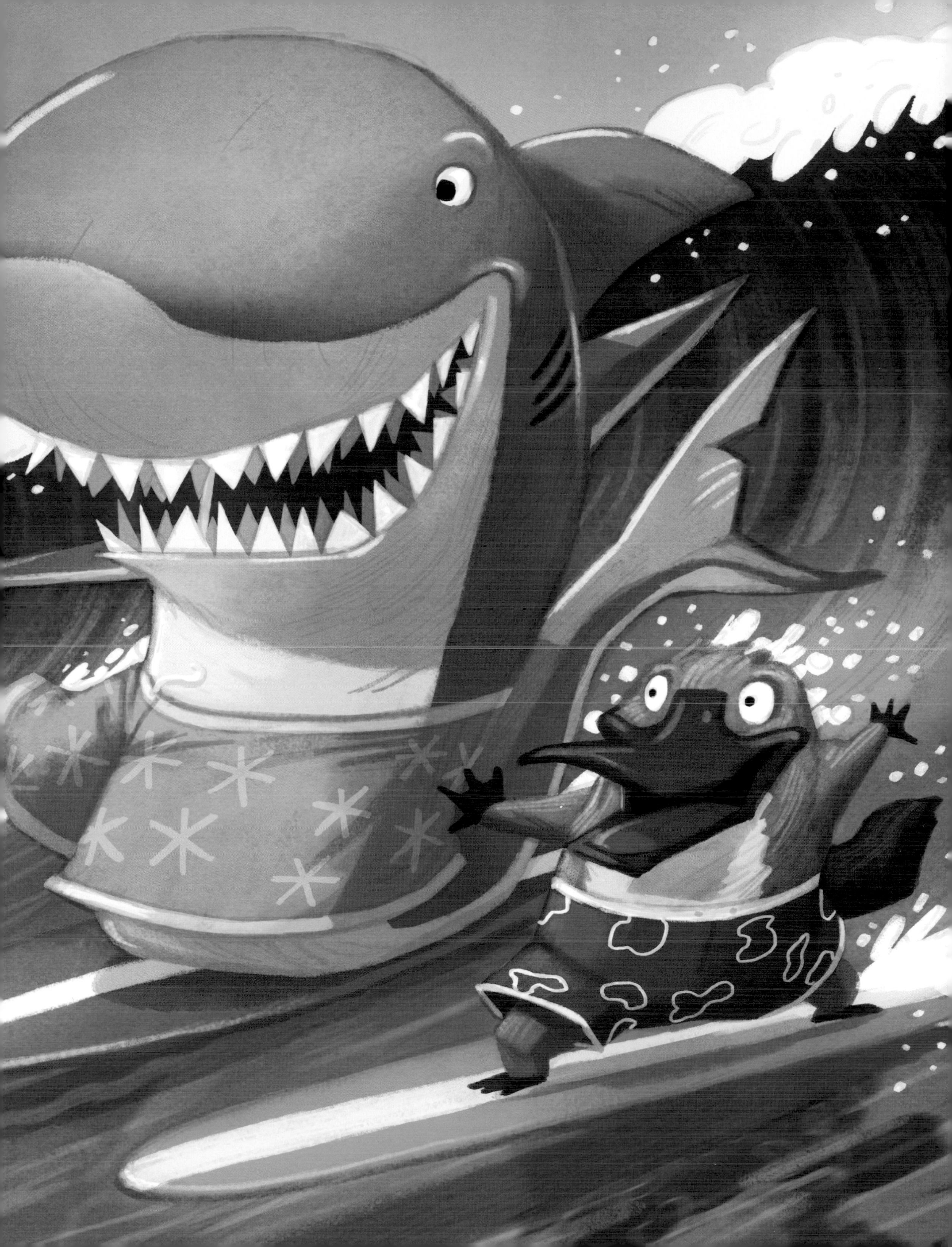

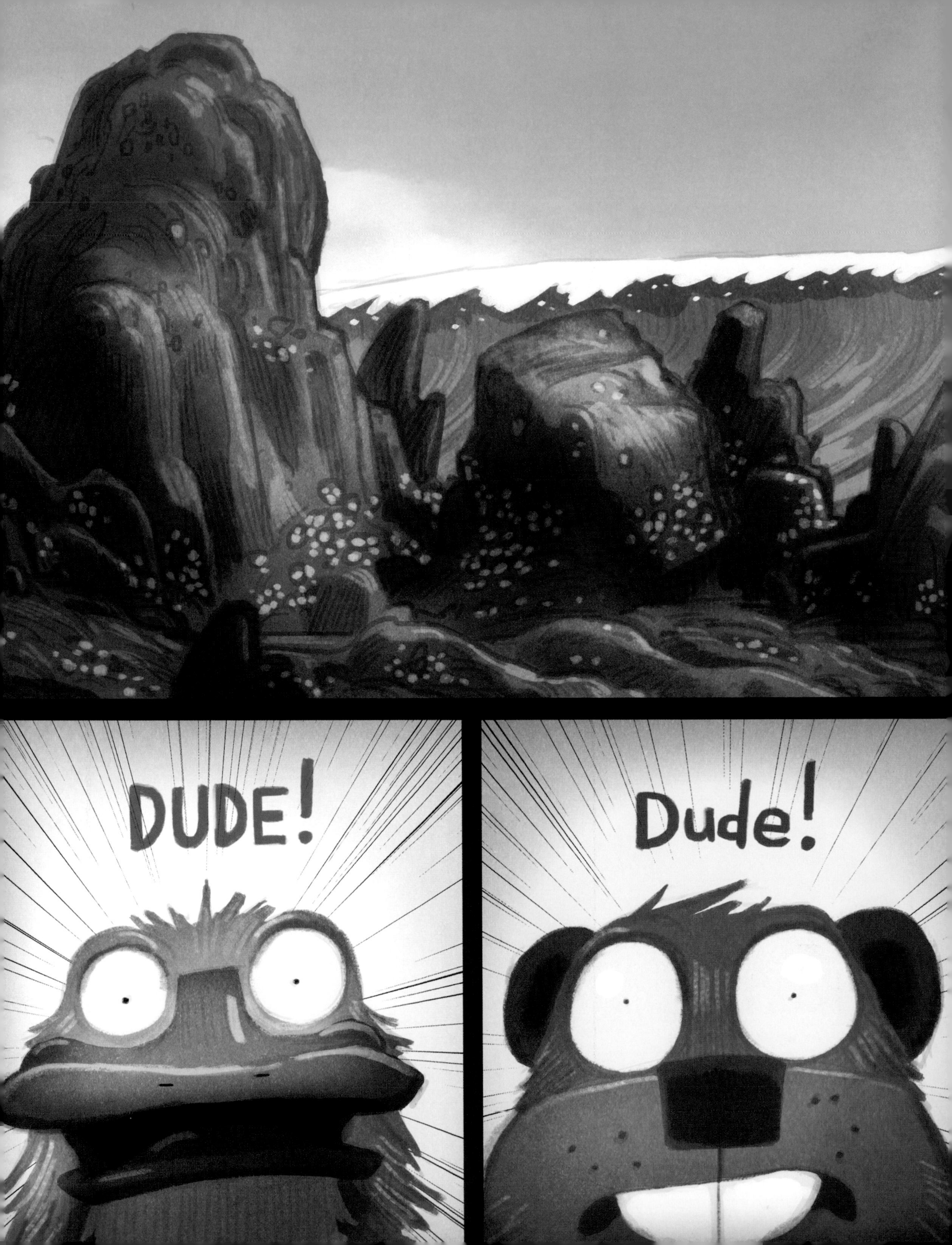
DUDE!
Dude!

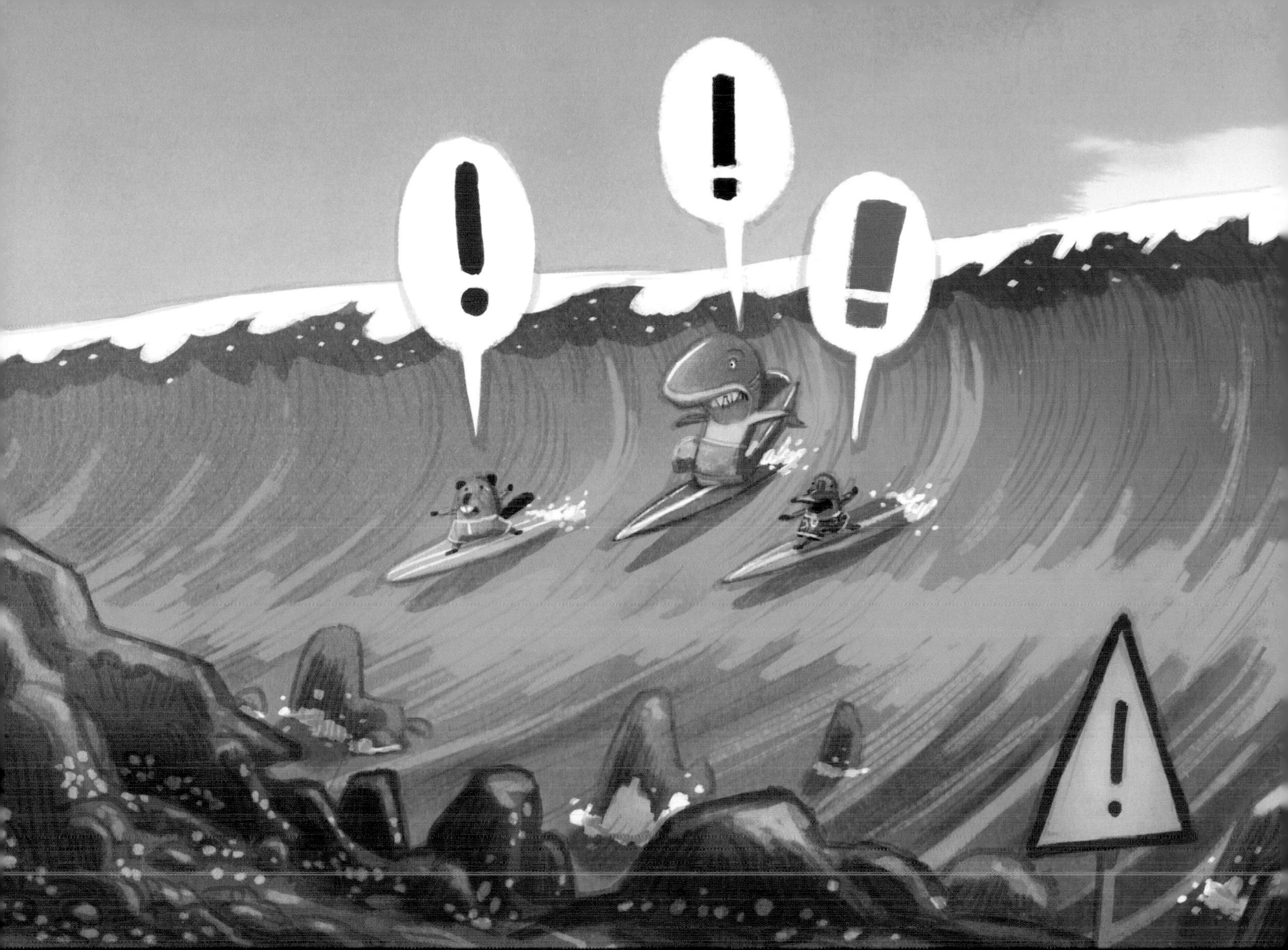
!
!
!
!
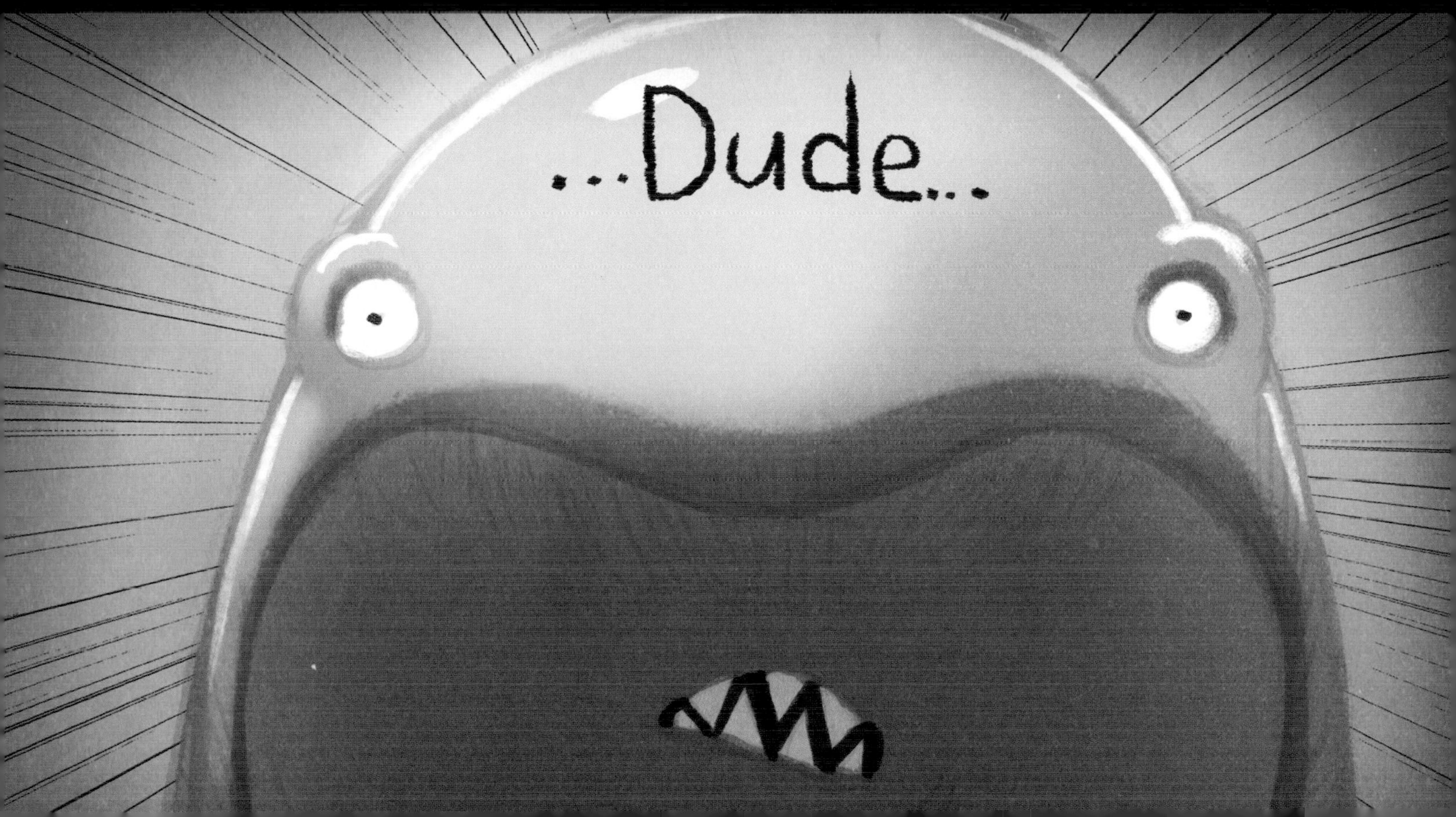
...Dude...

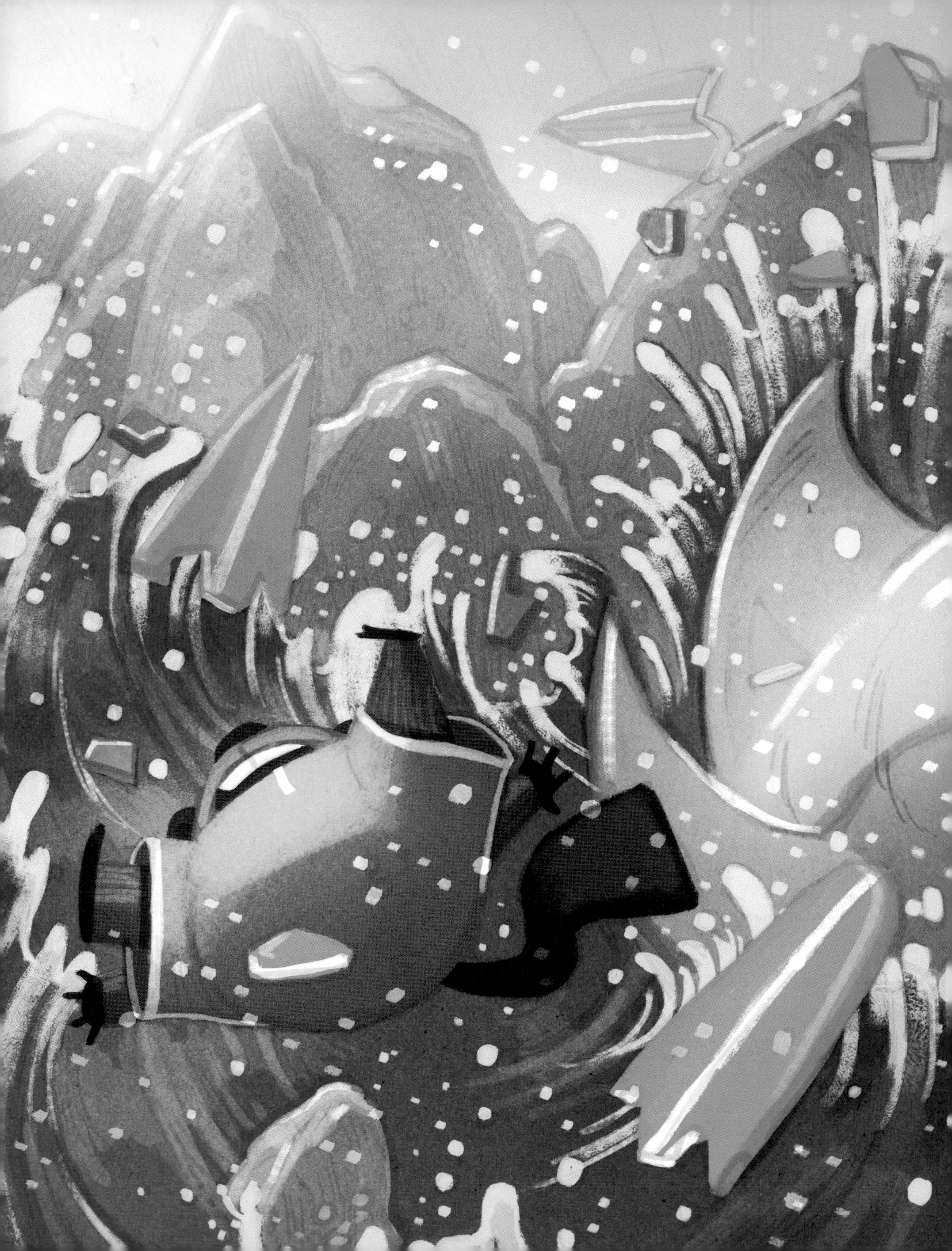

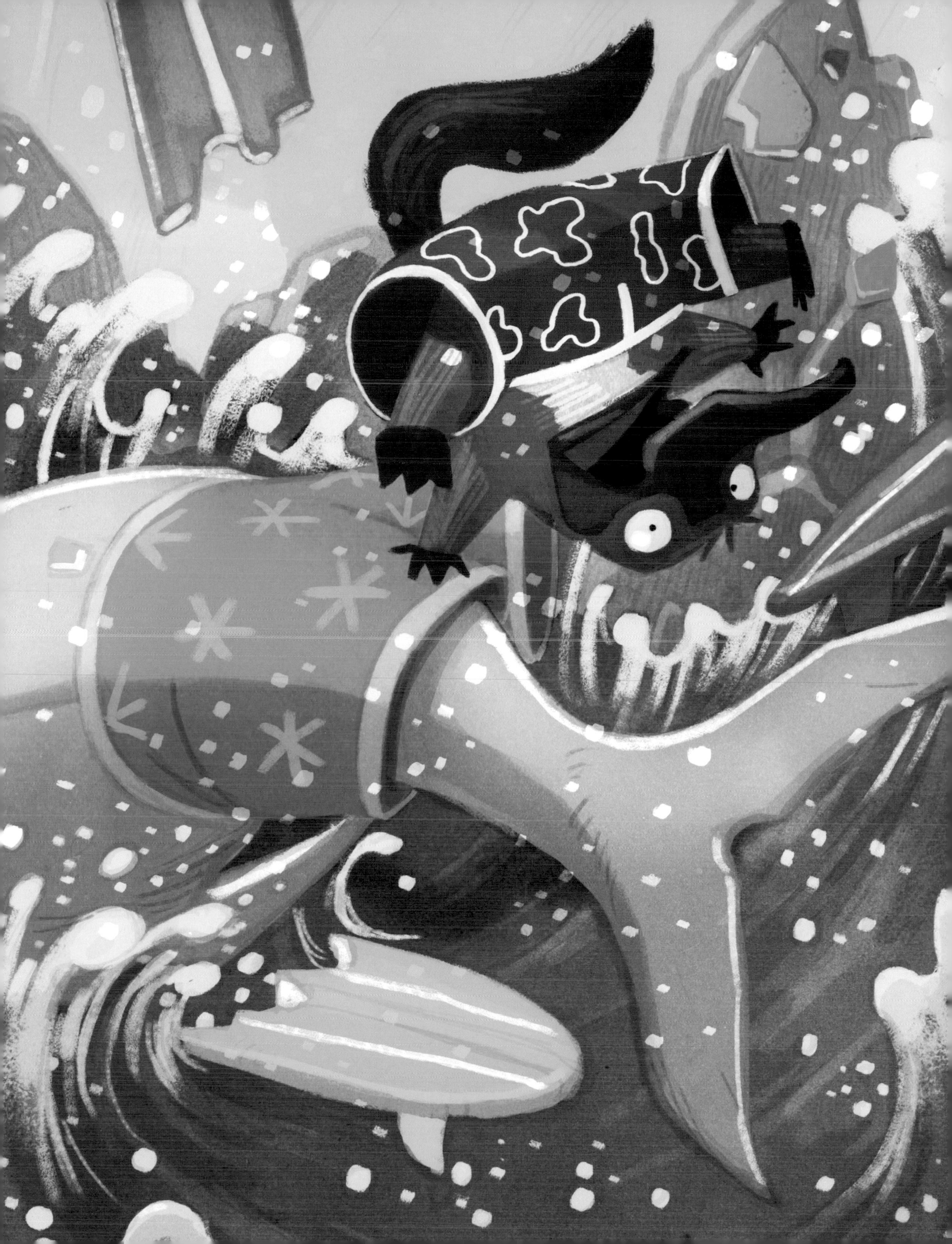

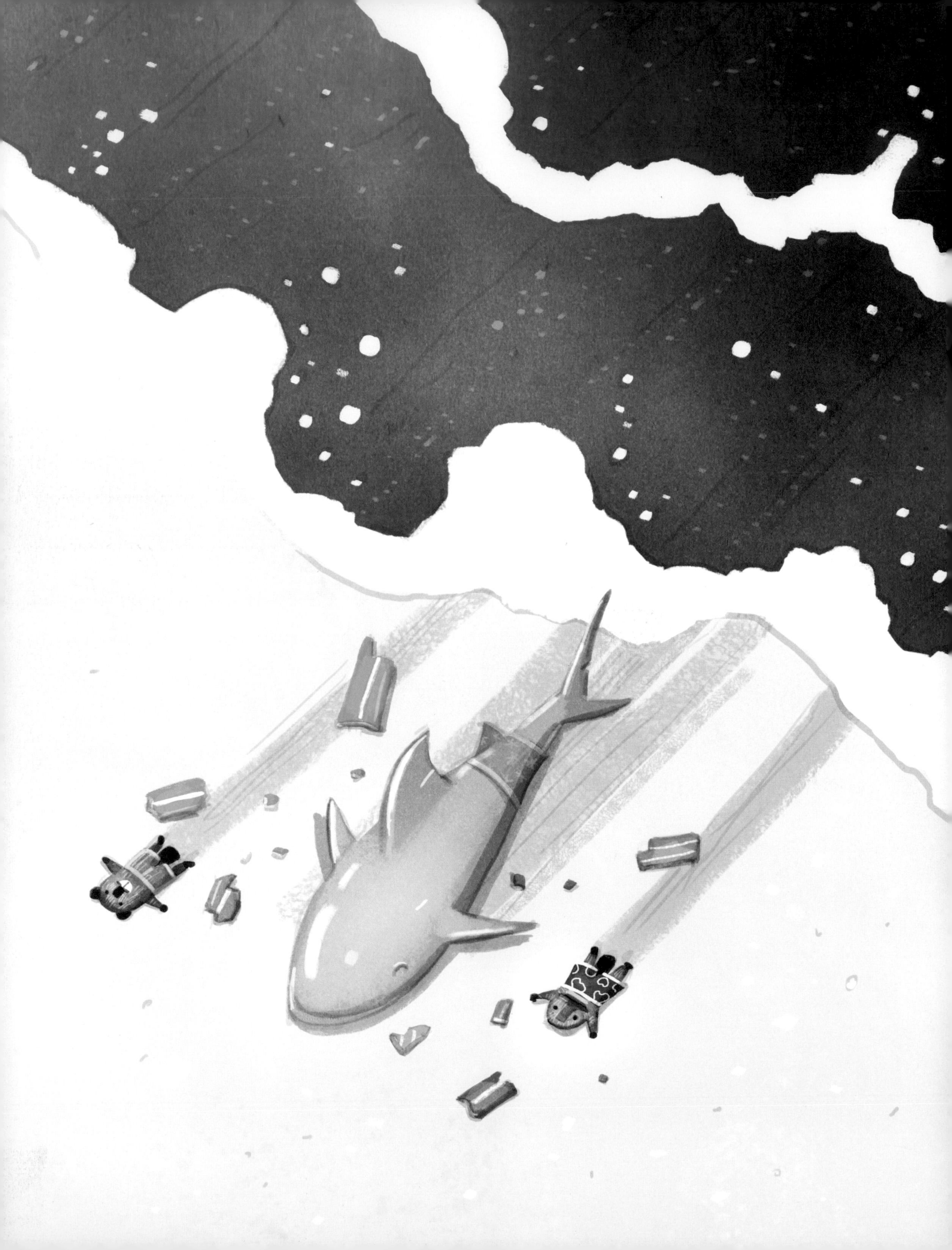

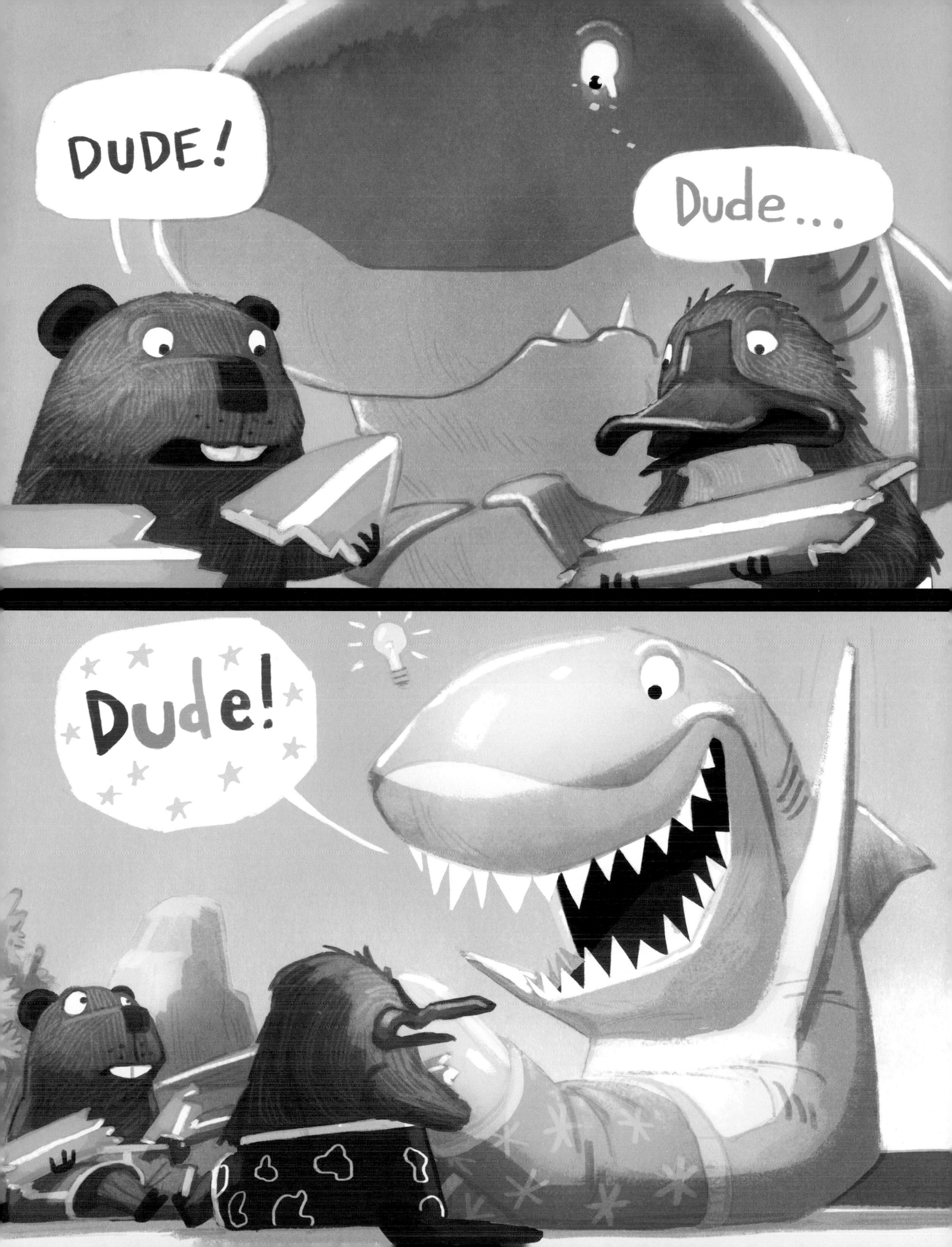
DUDE!
Dude...
Dude!

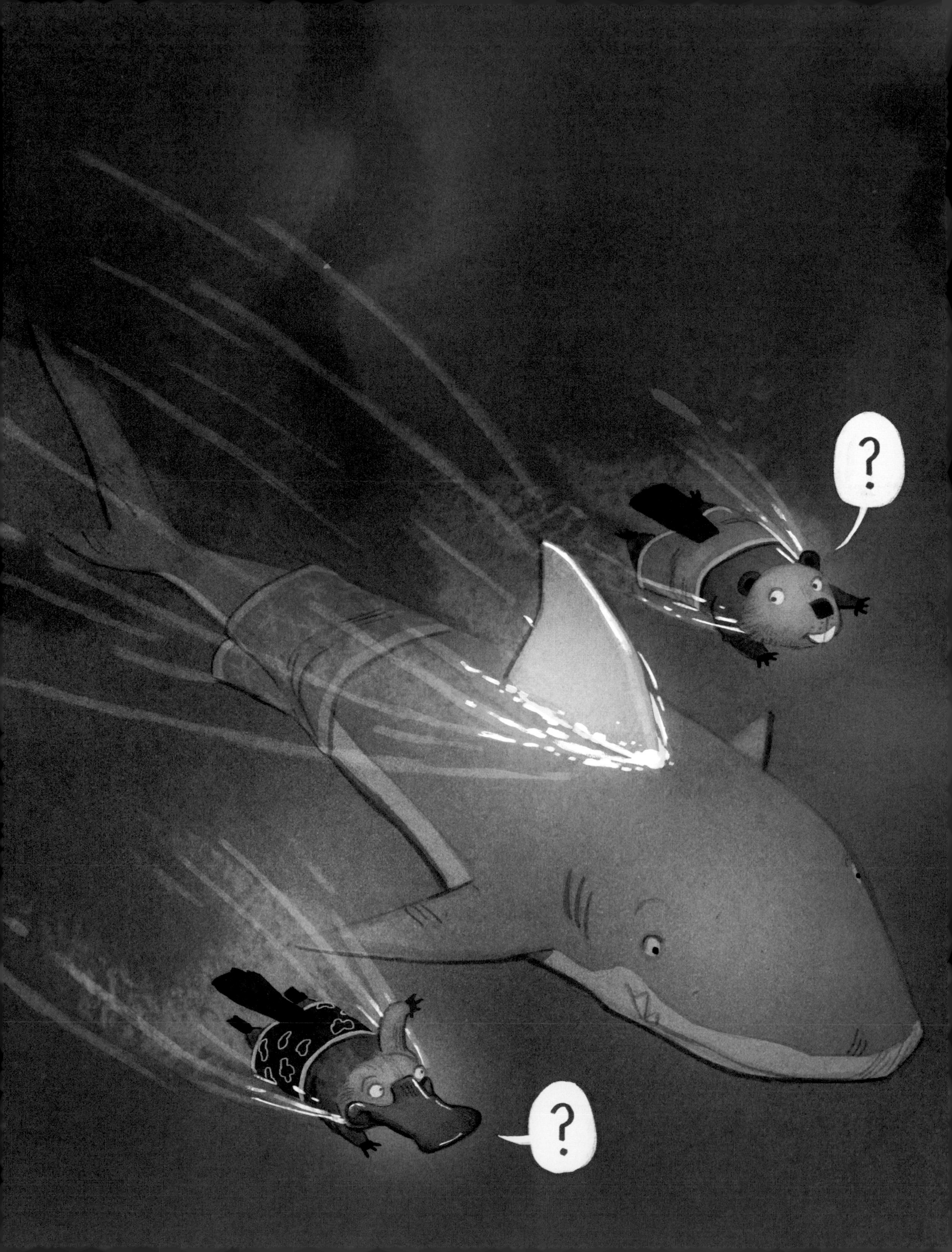

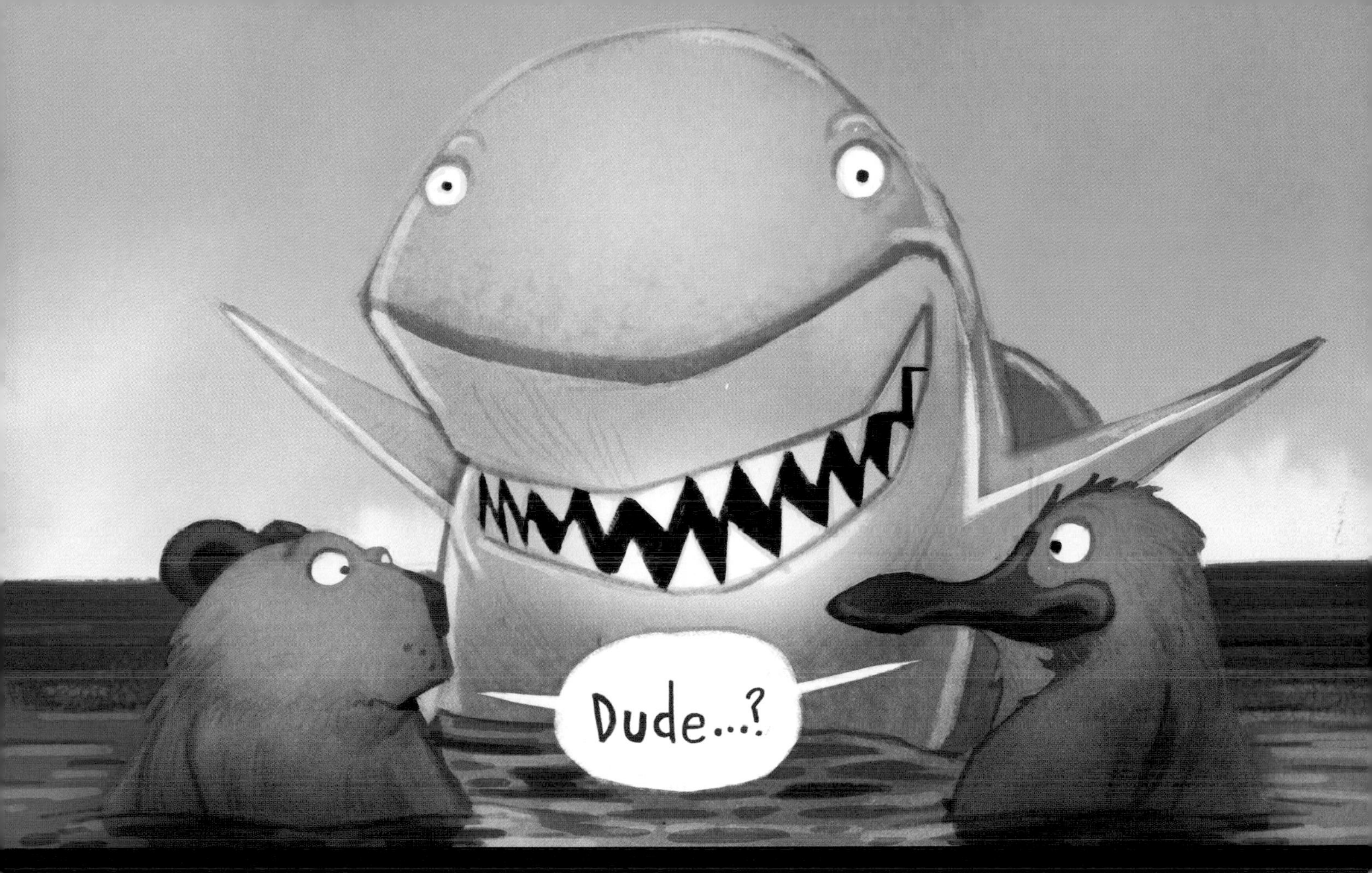
Dude...?

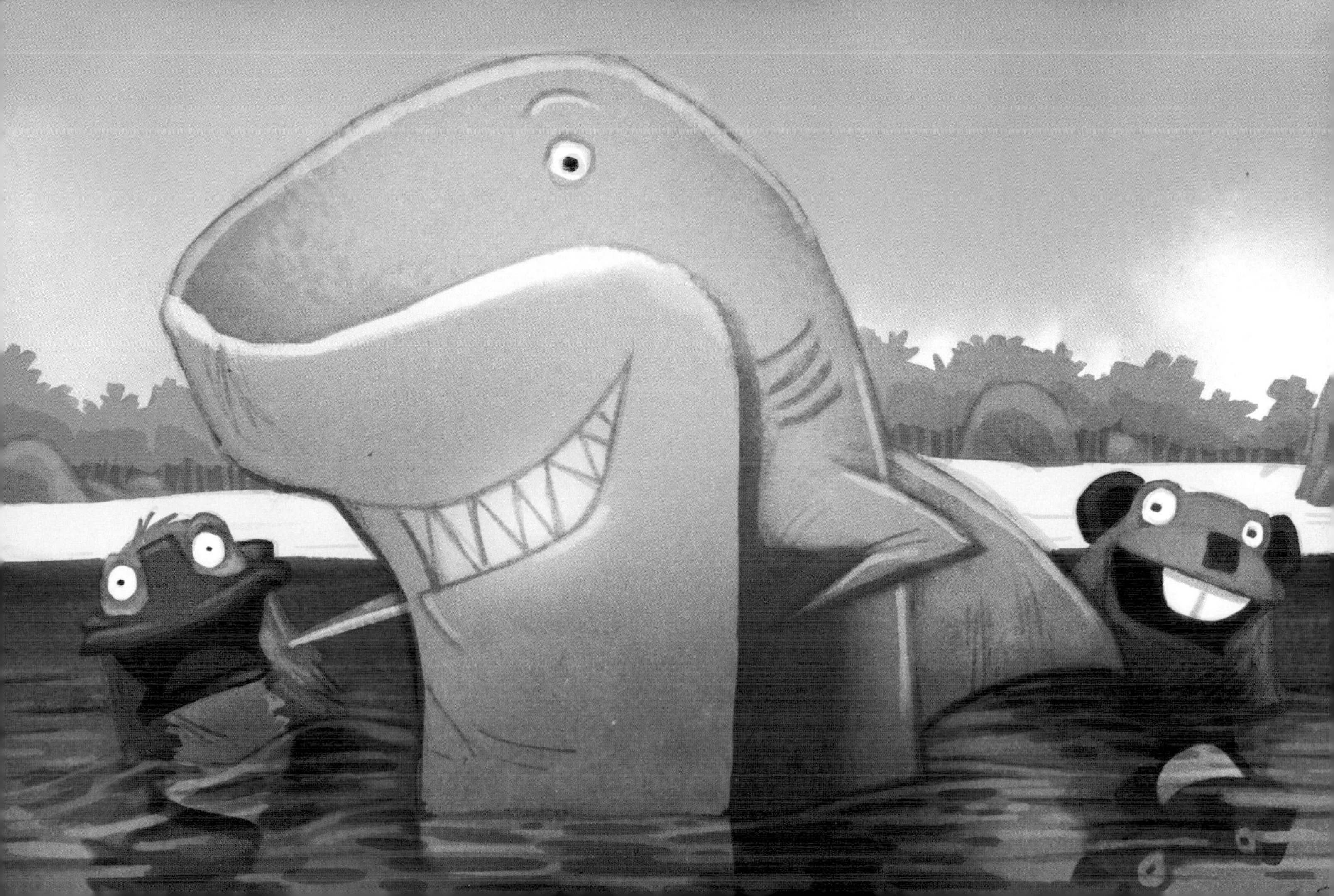

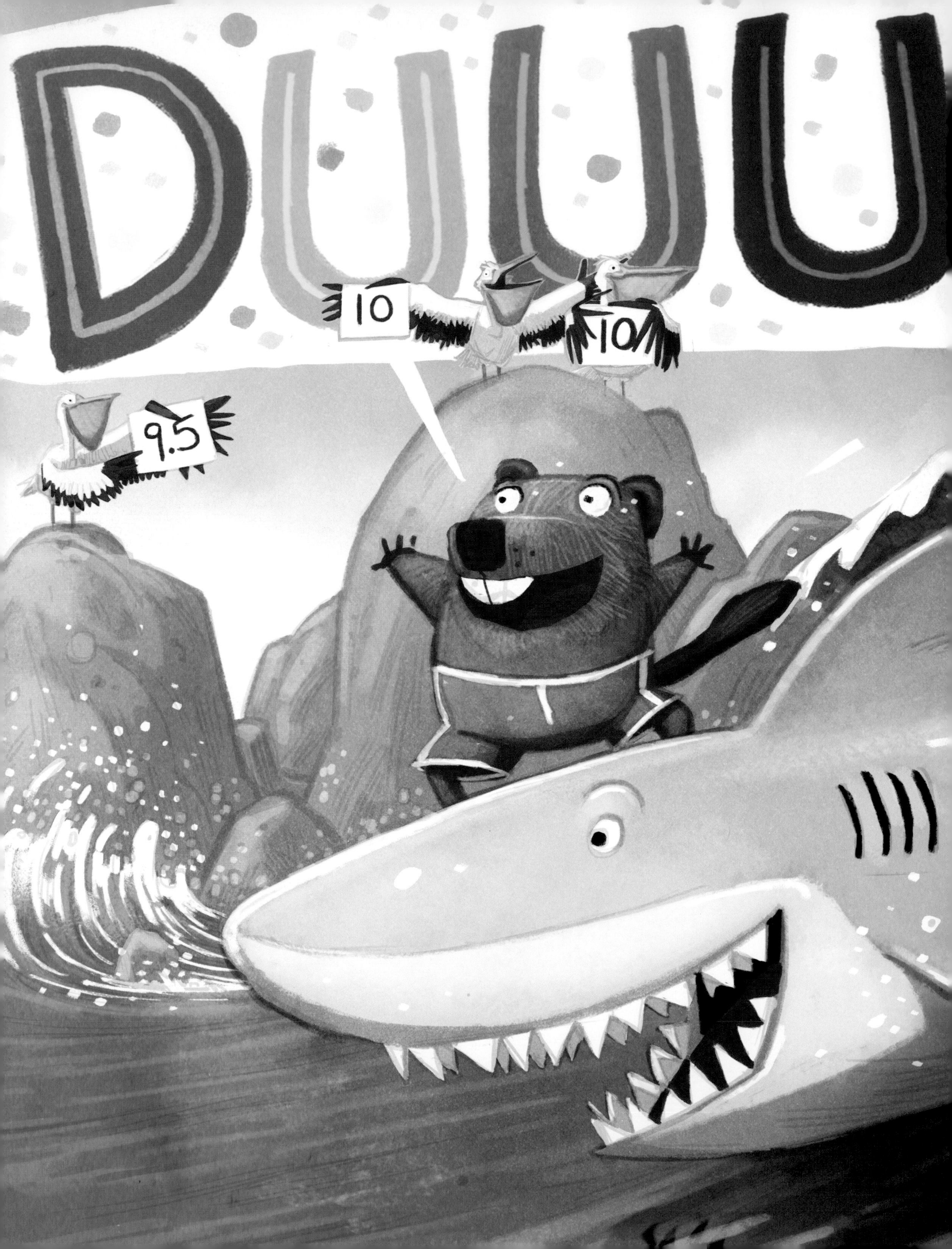
DUUU
10
10
9.5

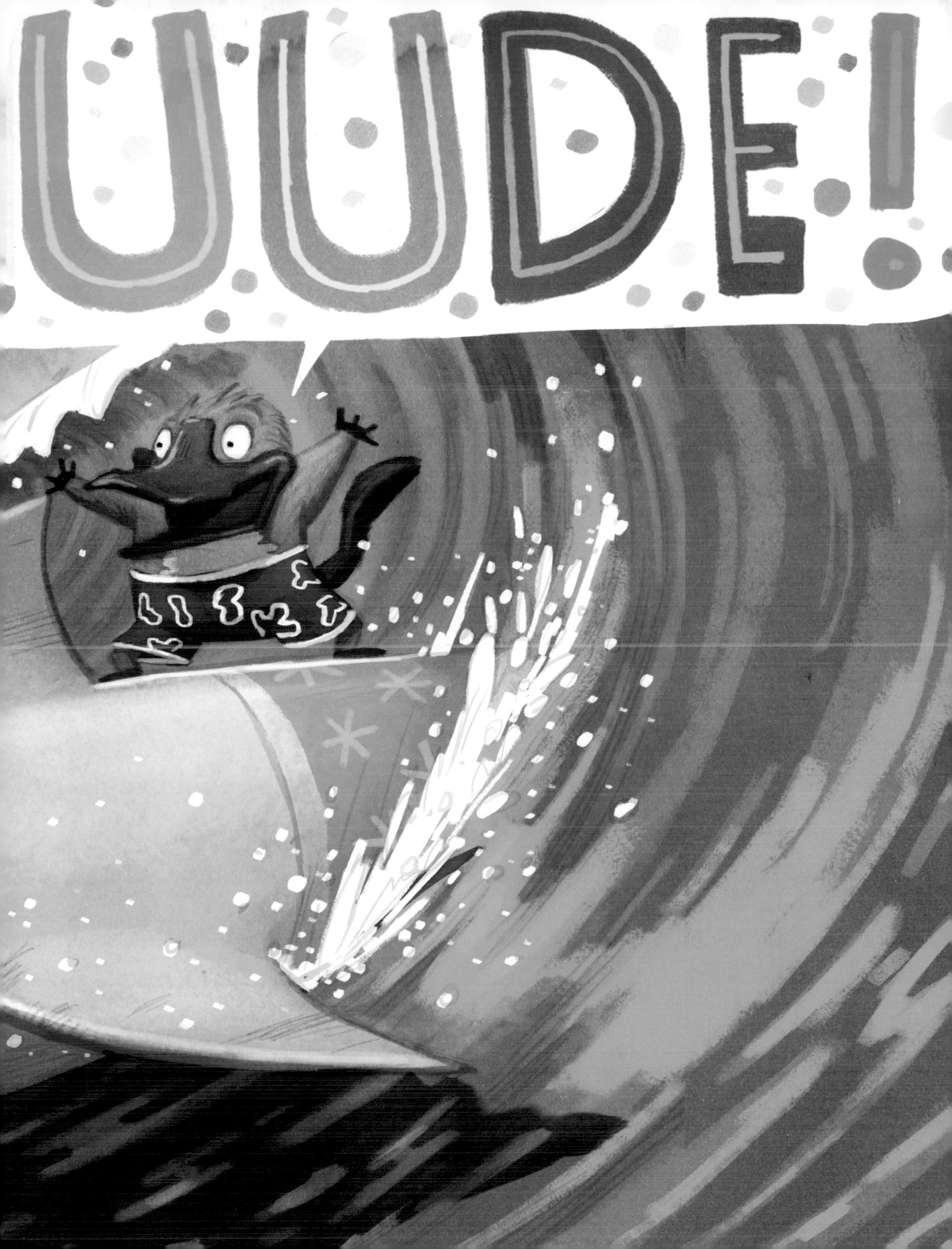
UUDE!

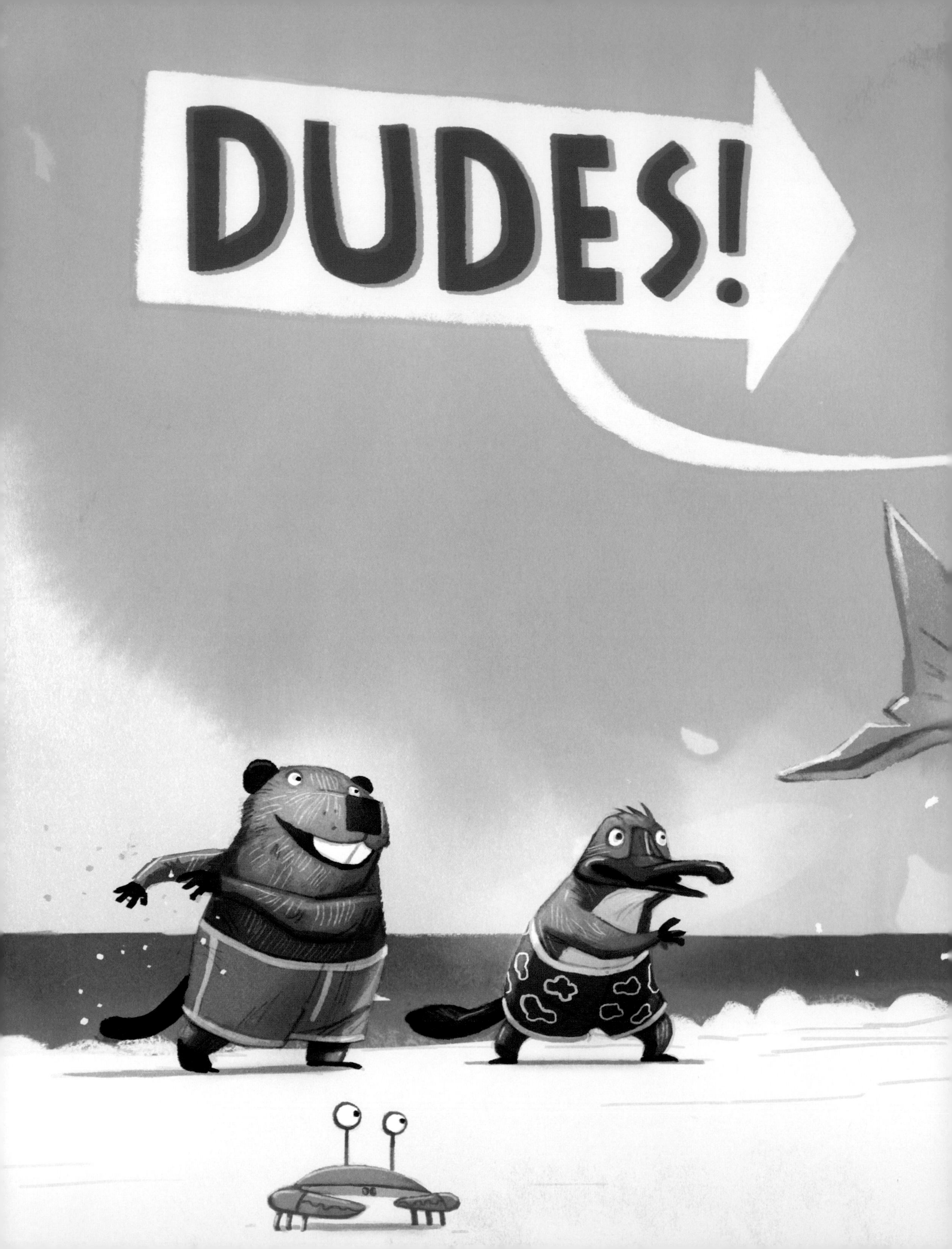
DUDES!

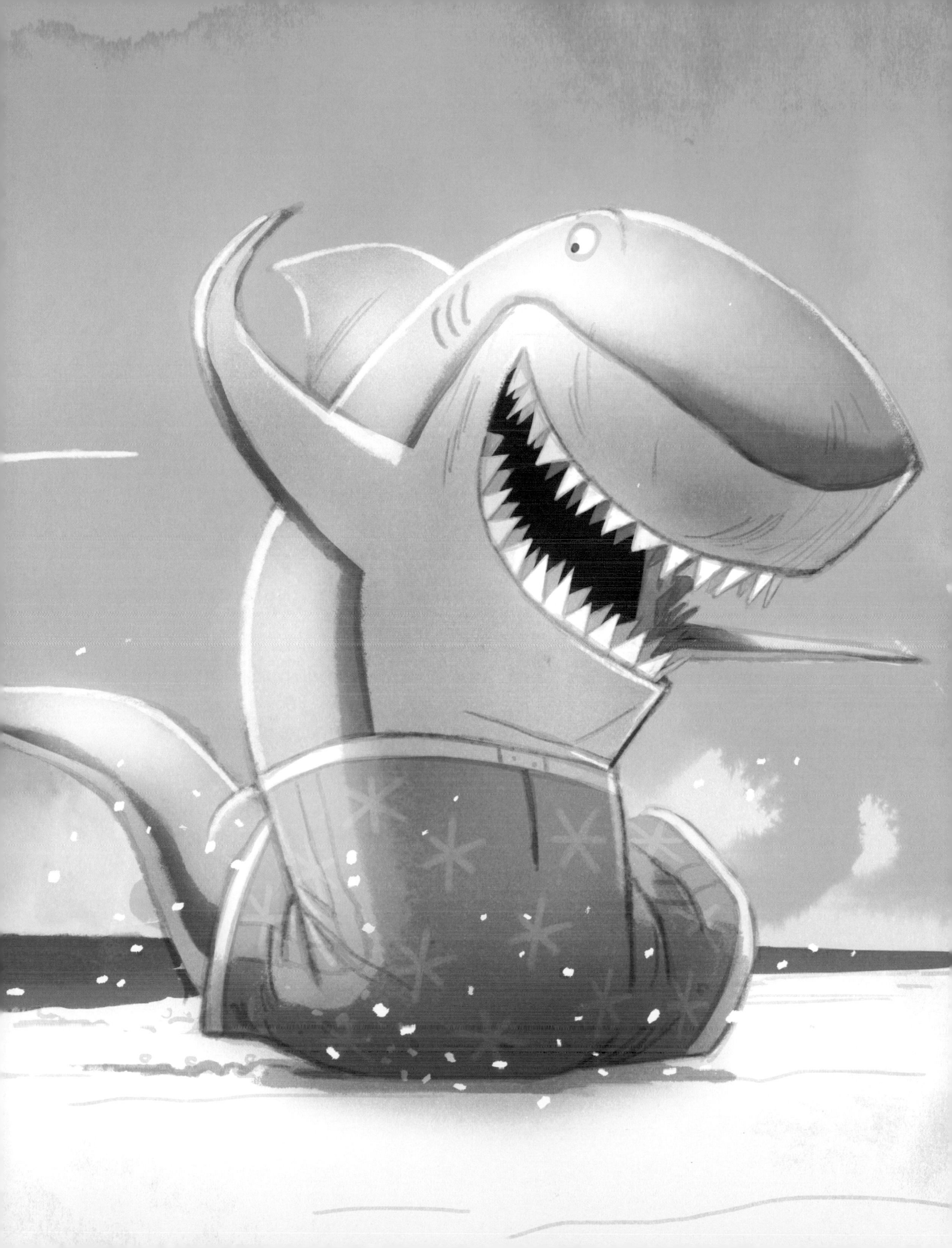

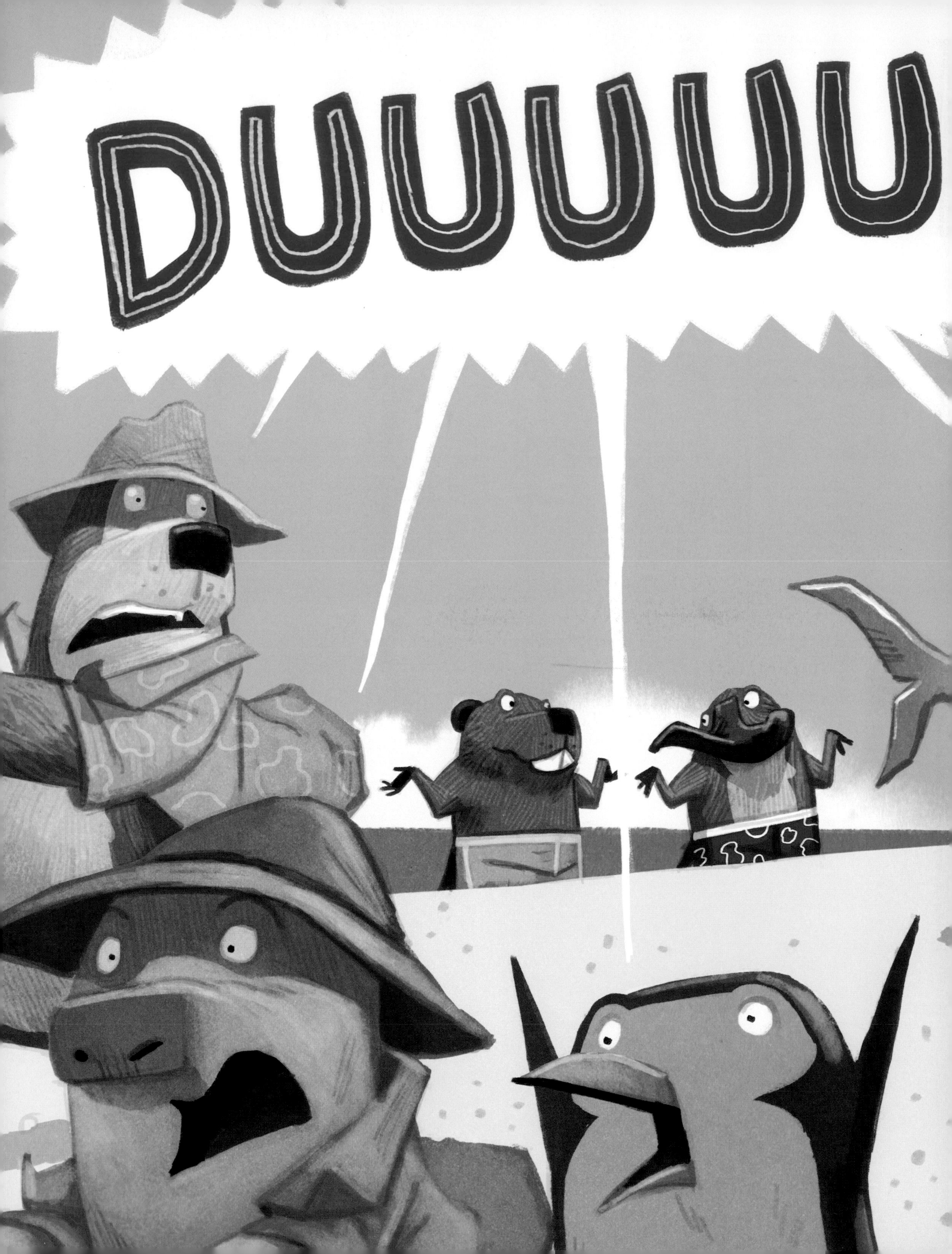
DUUUUUU

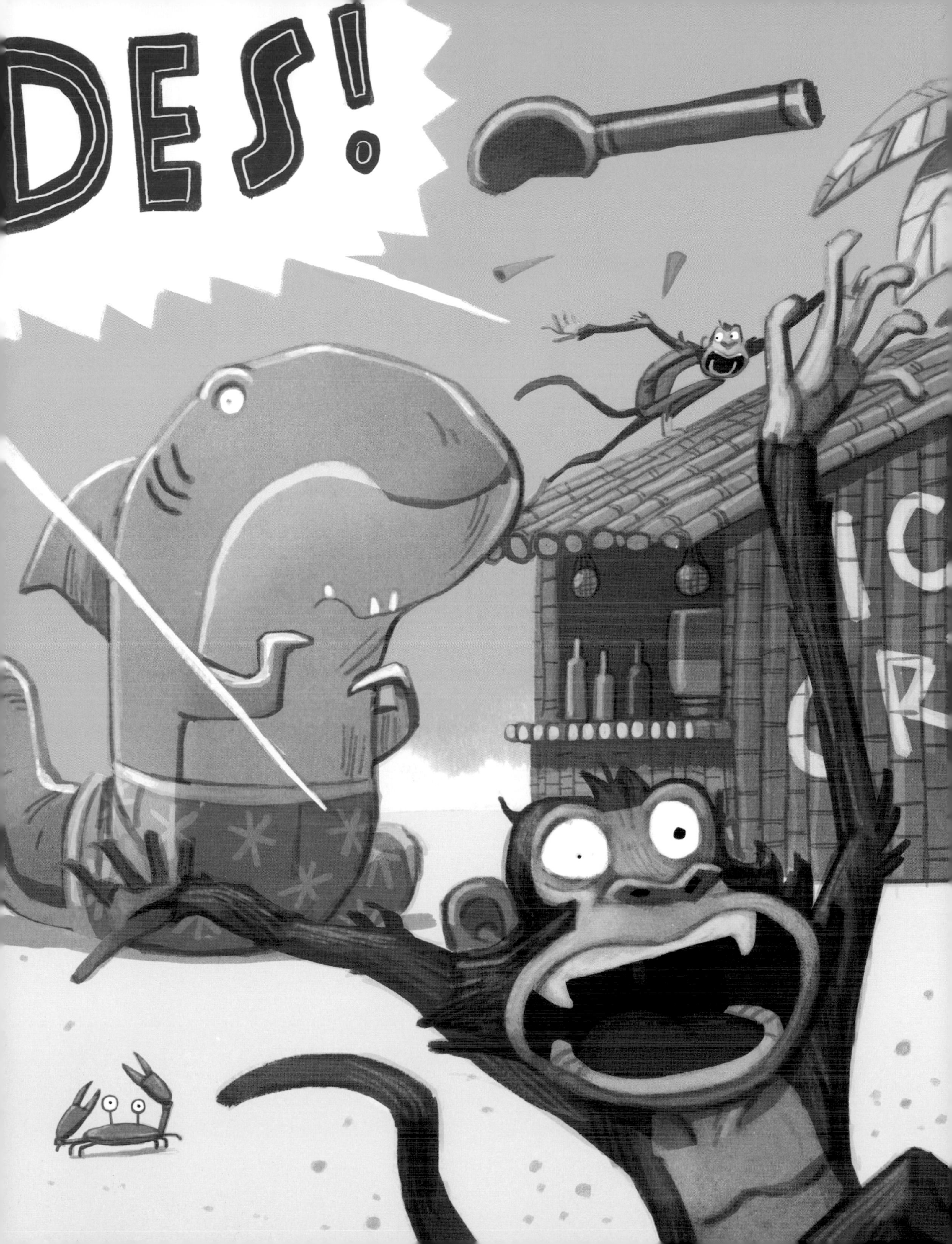
DES!

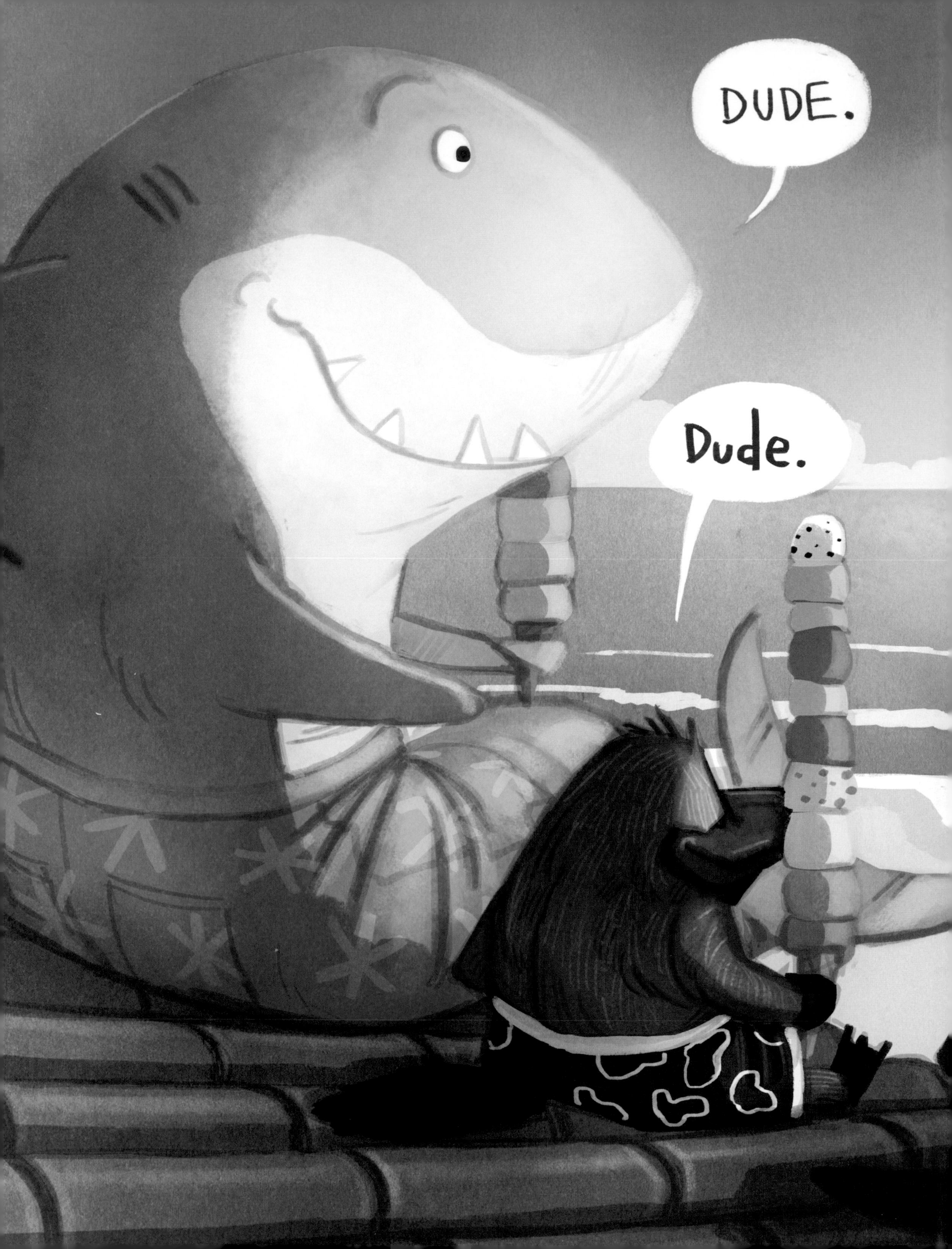
DUDE.
Dude.

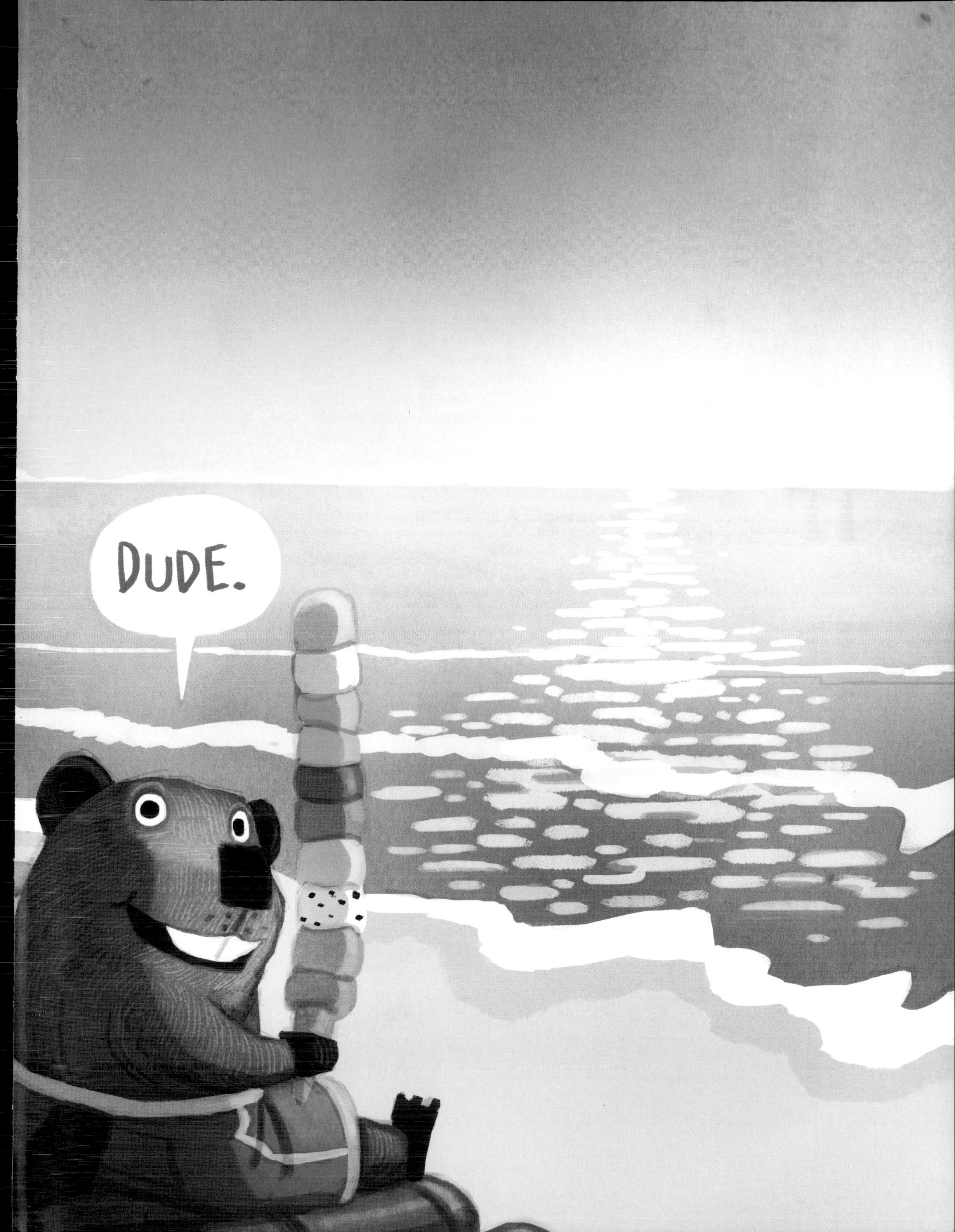
DUDE.